# 千弥の秋、弥助の冬

廣嶋玲子



千弥の様子がおかしい。もともと弥助に対しては過保護だったが、最近度が過ぎるのだ。ぼうっとすることも多く、物忘れも激しい。心配する弥助に対し、千弥は何でもないの一点張り。互いを思いやる心がすれ違い、ふたりは初めて大喧嘩をしてしまう。以前千弥は月夜公に執着する紅珠の魔手から弥助を守りきるために、妖怪の誓いを破って力の源である目玉を取り戻したことがあった。ほんの一時のことだったが、誓いを破ったことに変わりはない、その報いは確実に千弥を蝕《むしば》んでいた。そしてついに……。大人気妖怪シリーズ、第一部クライマックス。

# 人物

久蔵《きゅうぞう》
太鼓長屋の
大家の息子
千弥《せんや》
太鼓《たいこ》長屋に住む
按摩《あんま》の青年
玉雪《たまゆき》
兎《うさぎ》の妖怪
梅吉《うめきち》
梅の子妖怪
弥助《やすけ》
千弥の養い子

# 登場

飛黒《ひぐろ》
妖怪奉行所の
筆頭烏天狗《からすてんぐ》
月夜公《つくよのぎみ》
妖怪奉行所
東《ひがし》の地宮《ちぐう》の
奉行
津弓《つゆみ》
月夜公の甥《おい》
左京《さきょう》（弟）・右京《うきょう》（兄）
飛黒と萩乃《はぎの》の双子《ふたご》の息子
切子《きりこ》
髪切り鋏《ばさみ》の
付喪神《つくもがみ》

宗鉄《そうてつ》
化けいたち。
妖怪の医者
細雪丸《ささめまる》
冬のあやかし
みお
宗鉄の娘。
半妖《はんよう》
王蜜《おうみつ》の君《きみ》
妖猫族《ようびょうぞく》の姫
初音《はつね》
久蔵の女房《にょうぼう》。
華蛇族《かだぞく》の姫

銀音《ぎんね》………久蔵と初音の双子《ふたご》の娘
天音《あまね》………久蔵と初音の双子の娘
葦音《あしね》………蝦蟇《がま》の女妖《じょよう》
あらめ………病鬼《やまいおに》
苦丸《にがまる》………あらめの子
綾波御前《あやなみごぜん》………人魚
珊瑚《さんご》………綾波御前の子
若藻《わかも》………綾波御前の子
銀水《ぎんすい》………綾波御前の子
とよ………謎の女の子

妖怪の子預かります 10

# 千弥の秋、弥助の冬

廣 嶋 玲 子

創元推理文庫

# THE LAST WISH

by

Reiko Hiroshima

2020

妖怪の子預かります10

# 千弥の秋、弥助の冬

登場人物紹介イラスト　Ｍｉｎｏｒｕ

ぽとん。ぽとん。

雫《しずく》が滴《したた》り落ちる音がする。

ぽとん。ぽとん。

少しずつ、本当に少しずつ、容れ物から中身が漏《も》れ、こぼれ落ちていく。

ぽとん。ぽとん。

音に苛つき、漏れをふさぐ方法を探し始める。

ぽとん。ぽとん。

いくら力を尽くしても、漏れを食い止められないことに怒りを覚える。

だんだんと怖くなってくる。中身があまりにも減ってしまったことに、そしてさらに減り続けていることに。

ぽとん。ぽとん。

ああ……。全てがこぼれてしまった時、いったい、どうなってしまうのか。
ぽとん。ぽとん……。

# 一

江戸に長屋は数あるが、そのうちの太鼓《たいこ》長屋の一部屋に、弥助《やすけ》という少年が暮らしていた。

歳は間もなく十五。もうとっくに奉公に出ていい年頃だが、いまだに長屋から離れず、養い親の按摩《あんま》、千弥《せんや》のそばにくっついている。「いい歳して、いつまでも千弥さんに甘えて。あれじゃろくな男にならないよ」と、最近では周囲のおかみ達に少し陰口を叩かれているほどだ。

だが、実のところ、弥助は立派に働いていた。

弥助は、人の身でありながら、妖怪の子を預かる子預かり屋なのだ。夜な夜なやってくる妖怪とその子供達。時にあたふたし、時に笑い、振り回されつつ楽しく充実した日々を送っていることに、弥助は満足していた。

なにより、弥助のそばには千弥がいた。

千弥は、砂糖も蜜《みつ》も及ばぬほど弥助を甘やかす美貌の青年だ。その正体は、白嵐《びゃくらん》と呼ばれる大妖《たいよう》であった。が、今はその力のほとんどを失っている。ただの人間となって弥助と共に生きることを、選んだからだ。

だが先日、千弥はその選択を覆《くつがえ》した。

それは、本来ならば決してしてはならぬことであった。禁じられているがゆえに、代償は大きなものになる。

そうわかっていても、千弥には他に手はなかった。

そして……。

じわじわと、平穏な日々はほころび始めた。

弥助が最初におかしいと感じたのは、長月《ながつき》に入ってすぐのことだった。

その夜も客はやってきた。

現われたのは、付喪神《つくもがみ》の切子《きりこ》だった。

付喪神とは、百年の時を経て、道具や茶器などの器物が妖怪と化したもののことだ。

切子は、髪切り鋏《ばさみ》の付喪神で、両手は鋏の形をしており、肌は黒ずんだ銀色だ。体は手の平に乗るほどの大きさで、愛らしい女童《めのわらわ》の姿をしている。

一人でやってきた切子に、弥助は首をかしげた。

「あれ、一人かい？　十郎《じゅうろう》さんはどうしたのさ？」

切子の面倒を見ているのは、十郎という男だ。人と付喪神との縁を結ぶ仲人屋《なこうどや》を営んでいる。

物腰柔らかで、弁舌爽《さわ》やかな十郎の話はいつもおもしろく、弥助は十郎と会うのが好きだった。最近、いい人ができたということだし、その辺の話を聞きたいと思っていたのだが。

がっかりした様子の弥助に、切子はつんとすねた顔をした。

「一人じゃいけない？　十郎と一緒じゃないと、あたいはここに来ちゃいけないって言うの？」

「そ、そんなことは言ってないぞ。さ、入れよ。ひさしぶりだよな」

「そうね。お邪魔《じゃま》します」

ぴょんと、切子は部屋の中に入ってきた。そして、奥にいた千弥を見るなり、あからさまに不服そうな顔をした。

「ああ、やっぱり髪が生えてない。……ちょっと期待してたんだけどなぁ」

髪切り鋏の付喪神である切子は、人の髪を食べるのだ。それもきれいな若い男の髪が好きで、前に来た時も、千弥が丸坊主にしていることに、激しく落胆していたものだ。

弥助は笑った。

「いい加減、あきらめろって。もし千にいに髪があったとしても、手を出すのは俺が許さないからな」

「けち！」

「ははは！ そんなことより、今夜はどうしたんだよ？ どうしてうちに来たんだ？」

明るく尋ねた弥助に返ってきたのは、思いがけない言葉だった。

「あたい、逃げてきたの。家出してきたの」

「家出ぇ？」

そうだと、切子はきゅっと口を引き結んでうなずいた。

「十郎ったら、最近てんでだめなの。腑《ふ》抜《ぬ》けもいいところなの。あせびさんとあちこち行ってばかりで、あたい達付喪神のことなんて、もうどうでもいいみたい」

「いや、それはさすがにないだろ？ ただ、いい人ができて、今はちょっと浮かれてるだけさ。なあなあ、あせびさんのことを聞かせてくれよ。どんな人、いや、どんな妖怪なんだい？」

「んもう！ 弥助まであせびさんあせびさんって言うつもり？」

じろっと睨んでくる切子に、弥助はもみ手をしながら頼みこんだ。

「そう言うなよ。だって、ずっと気になっていたんだ。あの十郎さんが好きになるって、どんな相手なんだろうって。なのに、なかなか噂が入ってこなくてさ。妖怪達に聞いても、にまにまして、ありゃ楽しみな組み合わせだって言うばかりでさ」

「…………」

「烏天狗《からすてんぐ》の双子《ふたご》が教えてくれたんだけど、妖怪奉行所で働いている人なんだって？　武具とか道具とか作ってるんだって？」

「そうよ！」

嚙みつくように切子は答えた。

「全然女らしくないの！　男みたいな恰好してて、腕なんかむきむきなの！　背だって、十郎より頭一つ分は高いんだから！　全然十郎と釣り合ってないわよ！」

「いや、体の大きさだったら、朱刻《あけとき》と時津《ときつ》の夫婦のほうが釣り合ってないだろ？　女房の時津のほうは、朱刻の五倍はありそうだし」

「……そういうこと言うなら、もう何も話してやんない！」

切子は仏頂面《ぶっちょうづら》になり、ぴたりと黙りこんでしまった。

弥助が困り果てていると、奥にいた千弥が助け船を出してきた。

「どうだろう、切子？　話してくれたら、また美男の髪を食べさせてあげるよ？」

「えっ？　ほんと？　なら……いいわ。話してあげる」

悪口を入れつつ、切子は十郎の相手のことを話しだした。

やれ、いつも金槌《かなづち》や道具を振るっていて、体中すすだらけだ。

無骨なくせに、付喪神の修理はしっかりできてしまうところが癪《しゃく》に障る。

料理が下手で、せっせと十郎が弁当を差し入れており、それを臆面もなくぱくつくのだから、どうしようもない。

奉行所の烏天狗達もあせびには恐れをなしている。彼らを見習って、十郎も早く目を覚ますべきだ。

次から次へと吐きだしていく切子に、弥助は思わず笑いを噛み殺した。聞いているかぎりでは、仕事熱心で気《き》っ風《ぷ》のいい姐さんとしか思えないではないか。

「でも、十郎さんはあせびさんが好きなんだろ？」

「好きなんかじゃないわよ！　最初はあんみつ食べに行こうって誘われただけだったんだもの。そのままずるずる、いつの間にか付き合っていることになっちゃって。そうよ。あの人、おっかないもの。別れようとしたら、何されるかわからないから、しかたなく十郎はいい顔をしているんだわ」

「いや、そりゃないって」

「ほんとよ！　ほんとに怖いんだから！　こないだなんかね、すごかったんだから！」

切子はかまびすしく話しだした。

つい先日のこと、十郎とあせびは栗殻山《くりからやま》の頂上に登り、夏の終わりの月見酒を楽しんでいたらしい。そこへ酒の匂いを嗅ぎつけ、大きな鬼がやってきた。

すでにひどく酔っていたその鬼は、しきりに十郎達にからみだした。十郎はひたすら腰を低く穏やかに鬼に接しながら、今のうちにそっと山をおりてくれと、あせびに目配せしたという。

だが、あせびはそうしなかった。十郎を指先で突っつく鬼に激怒し、飛びかかっていったのだ。

あれよあれよという間に、鬼をぺしゃんこに叩きのめしたあせびは、それで終わらなかった。今度は自分をなだめる十郎を「弱腰すぎる！」と、殴り飛ばしたのだそうだ。

弥助はさすがに驚いた。

以前、弥助は鬼と取っ組み合いをしたことがある。相手はまだ言葉もろくにしゃべれない赤ん坊だったが、それでも負けそうになった。鬼というのは、総じて力が強いものが多いのだ。

それをいともたやすく叩きのめすとは、あせびという女妖《じょよう》はただものではあるまい。少しだけ、弥助は背筋が寒くなった。

「鬼をやっつけるって……そりゃ相当なもんだなぁ」

「でしょ？　それで別れちゃえばよかったのに、十郎ときたら、ぺこぺこして、謝りに行ったのよ？　わざわざ花を摘んで、持って行ったりして。馬鹿みたい」

「それは……それだけ惚《ほ》れてるってことだろ？」

弥助の言葉を聞かなかったふりをして、切子は忌々《いまいま》しげに続けた。

「あんな人、どこがいいんだろ？　乱暴だし、力は強いし、手は四本もあるし。抱きつかれるたびに、十郎、うって声をあげるのよ？　骨がみしみしって音を立てることもあるし。それなのに、にやにや笑っているんだもの。ほんと、わからない。今日だって、あの人のためにわざわざ何かの材料を集めに行くって、あたいを置いてきぼりにして……」

きゅうっと、切子の顔が歪《ゆが》んだ。細い目に浮かんでいるのは、あせびへの恨みや嫌悪ではなく、寂しさだ。大好きな兄やを、別の人にとられてしまう。そんな焦りと寂しさを覚えているのだろう。

それはなんとなくだが、弥助にも理解はできた。もし千弥に恋人ができたりしたら、弥助だって驚き慌てふためき、「どんな人だ？　本当に千にいにふさわしい相手か？」と疑ってかかるだろうから。

ここはできるだけ切子に優しくしてやろう。寂しさが和らぐまで、甘やかしてやろう。

弥助がそう決めた時だ。切子が顔を上げ、千弥のほうを見た。

「さ、話したわ。今度はそっちが約束を守ってね。きれいなかっこいい男の人の髪、ちょうだい。もしかして、前に食べさせてくれた久蔵《きゅうぞう》さんの髪？」

以前、腹を空かした切子のために、弥助と千弥は太鼓長屋の大家の息子、久蔵を酔い潰し、その髪を食わせたことがあるのだ。

切子の問いかけに、千弥はそうだとうなずいた。

「ということで、私は久蔵さんを迎えに行ってくるから。その間に、弥助、お酒をたっぷり用意しておいておくれ。肴《さかな》も頼むよ。また酔い潰して、その隙に髪を切子に食べてもらおう。どれ」

立ちあがりかける千弥を、弥助は慌てて押しとどめた。

「ちょちょちょっ！　だめだよ！　その手はもう使えないって！」

「どうしてだい？　弥助は久蔵さんのこと、嫌いじゃないか。久蔵さんの頭が丸坊主になったって、いい気味だって思うんじゃないのかい？」

「そ、そりゃ、前の時はそう思ったよ？　でも、今と昔じゃ事情が違うよ。いいかい、千にい？　久蔵は初音姫の旦那になったんだよ？　つまり、初音姫のものってことだ。勝手に手出ししたら、髪の毛とはいえ、初音姫は許さないと思うよ」

「ふうん。そういうものかね？」

「そうだよ。絶対そうだ」

「……弥助がそう言うなら、しかたない。久蔵さんの髪はあきらめるとしようか」

千弥がうなずいてくれたので、弥助はほっとした。内心では、「一つ貸しだぞ、久蔵」と思った。

一方、二人のやりとりを聞いて、切子は目を見張っていた。

「久蔵って人、誰かと夫婦になっちゃったの？」

「そうだよ。少し前に双子の娘も生まれて、立派な親馬鹿になり果てちまったよ。べたべた甘やかして、俺のお姫さん達って、猫かわいがりしてる。まだほんの赤ん坊だってのに、男を近づけないようにしてるんだぜ？　あきれるよ」

「……十郎も、あせびさんと夫婦になったら……自分の子が生まれたら、そうなっちゃうのかな？」

切子の顔が曇った。細い目にうっすらと涙が浮かびあがるのを見て、弥助は慌てた。人であれ妖怪であれ付喪神であれ、泣いている誰かを見るのは苦手なのだ。

必死で慰《なぐさ》めの言葉を考えていると、横にいた千弥がふとつぶやいた。

「しかし、久蔵さんのがだめとなると……しかたないね。月夜公《つくよのぎみ》の髪でももらいに行くとするか」

「せ、千にい……」

これまたとんでもない言葉に、弥助は頭が痛くなった。

「いや、そりゃさすがに無理じゃない？　仮にも妖怪のお奉行様、しかも気位の高い月夜公が素直に髪を切らしてくれるとは思えないよ」

弥助はあきれた。

が、切子の反応はもっと激しかった。顔色を変えて震えあがったのである。

「いらない！　あたい、月夜公様の髪なんて、いらない！」

「そうかい？　うまくやれば、ひと束くらいは手に入れられると思うんだが」

「いい！　いらない！　うまくやらなくていいから！　ほんとのこと言うと、あ、あたい、お腹いっぱいなの！　誰の髪も、もういらないから！」

切子がそう叫んだ時だった。

とんとんと、軽く戸を叩く音がした。

弥助が出たところ、外に立っていたのは仲人屋十郎に他ならなかった。

「こんばんは、弥助さん」

にこりと笑う十郎は、あいかわらず穏やかで優しげで、するりと人の懐《ふところ》に滑りこんでくるような親しみにあふれている。だが、右目は少し腫れており、そのくせ頬にははっきりと紅の痕がついている。どちらもあせびさんとやらにつけられたものに違いないと、弥助は見当をつけた。

十郎はおずおずと尋ねてきた。

「あいすみませんが、もしかして、うちの切子がお邪魔していませんかねぇ？」

「よくわかったね。うん。来てるよ」

「……文句を言っていましたか？」

「かれこれ半刻くらい言いっぱなしだったよ。あせびさんが大事なのはわかるけど、ちっとは切子もかまってやったほうがいいよ」

「いやもう、お恥ずかしい。ごもっともです」

「あ、ちょっと待った。中に入る前に、頬をぬぐったほうがいいよ。その……紅がついてる」

「おやま。こりゃますますお恥ずかしい」

照れた様子を見せながらも、十郎は素直に頬をぬぐい、それから敷居をまたいだ。切子を見るや、十郎はほっとしたように息をついた。

「切子。よかった。いなくなったと知って、あわてたんだよ。どうして勝手に出て行ったりしたんだい？　そんなにあたしを困らせたかったのかい？」

「ふん。知らないもん」

「まったく。どうしてそうへそを曲げちまったのかねえ。……ね、切子。おまえ、もしかして勘違いをしてないかい？　あたしが、おまえや他の付喪神をないがしろにしているって、思いこんではいないだろうね？」

「違うって言うの？」

切子に睨まれ、十郎は情けなさそうに肩を落とした。

「なんだねぇ。やっぱり勘違いしてたのかい。違うよ。大間違いだ。そ、そりゃ、あせびさんとの時間を、あたしはおおいに楽しんでいるよ？　でもね、おまえ達のことをないがしろにしたつもりは、これっぱかりもない。これは自信を持って言えるよ」

「でも……あせびさんの用事ばっかり聞いてるじゃない。あれを探してくれ、こんな物を見かけたことはないかって。そのたびにいそいそと出かけていくじゃない」

すねきっている切子の頭をそっと指先で撫でながら、十郎はほのかに笑った。

「馬鹿だねぇ。確かにそのとおりだけど、それはあくまで仕事の合間にやってるんだよ。

その証拠に、切子、おまえに新しい主人を見つけてきたよ」

「えっ！」

目を丸くして振り返る切子に、十郎は今度こそ大きく笑いかけた。

「そうだよ。ずいぶん待たせてしまったけれどね、ようやくおまえにぴったりな人を見つけたんだよ。吉松《よしまつ》って名前の人だ。歳は四十四。腕のいい髪結いだけど、少し前に恋女房を亡くしてしまってから、すっかりやる気をなくしていてね。でも、おまえがそばに行けば、きっと元通りになるはず。できるだろう、切子？　やれるだろう？」

十郎の言葉に、切子は目をきらめかせ、うなずいた。

「できるわ！　やれる！　あたい、その人のところに行く！　行って、元気づけて、髪を切らせてもらう！」

「その意気だ。……おまえがそばからいなくなると思うと、ちょいと寂しいけど。ご主人に気づかれぬよう、時々は抜けだしてきて、こっちに顔を見せておくれよ」

「わかってる。……十郎も、あせびさんと仲良くね。仲良くしないと、そのうち、ほんとに骨とか折られちゃうから」

「ははは。あの人はそこまで手ひどいことはしないよ。でも、ありがとさん。いつもおまえはあたしを気遣ってくれたよねぇ。ほんと寂しくなるなぁ」

ほろりとくるような声でつぶやきながら、十郎は切子を肩に乗せた。十郎の頬にぺとりと張りつきながら、切子はささやいた。

「あたいがいなくなっても、髪の手入れはちゃんとしてね。椿油《つばきあぶら》をよく染みこませて、きれいに毎日櫛《くし》で梳くのよ？」

「わかった。忘れないようにする」

「うん。そうしたら……時々は十郎のところに来てあげる。伸びすぎた髪をきれいに切ってあげるから」

「それじゃ、切子のためにがんばって髪を伸ばそうかねぇ」

二人のやりとりに、千弥がうんざりしたように声をあげた。

「そんな話し合いは自分達の家に戻ってやっておくれ。夜は短いんだ。私は弥助と過ごしたいし、もう用がないなら帰っておくれ」

「うわあ、千弥さん、いじわるねぇ」

「いやいや、切子。千弥さんの言うとおりだよ。では、あたし達はこれにて。お世話になりました、弥助さん」

十郎と切子は夜の闇の中へと消えていった。

やれやれと戸締まりをしたあと、弥助は千弥のほうを振り返った。見て、おやっと思った。

千弥は空を仰ぎ、なにやら眉間にしわを寄せている。めったにないことなので、弥助は心配になった。

「どうしたの、千にい？　腹でも痛い？」

「いや……ちょっと気にかかってることがあってね。……前に切子が久蔵さんの髪を食べた時、弥助はいたっけ？」

「何言ってんの？」

弥助は目を丸くした。

「もちろん、ずっと一緒にいたよ。……また忘れちゃったの？」

「あ、いや、ちょっとね。うん。そうだったそうだった。一緒にいたね。そうだ。そうに決まってるんだ」

「千にい？」

「ほらほら。そのことはもういいから。あ、そうだ。じきに玉雪《たまゆき》がやってくるかもしれない。じつはね、梨《なし》を持ってきてくれって頼んであるんだよ。弥助、好きだろう？　きっとみずみずしくておいしいよ」

さらりと別の話に切り替える千弥。何も心配いらないと言わんばかりの笑顔に、弥助は逆に不安になった。
きしりと、心にひびが刻まれるのを感じた。
それは、疑惑という名のひびだった。

## 二

「冗談じゃない！　絶対だめだ！」

だんだんと秋が深まり、風が冷たくなり始めた頃、めったに聞けないような千弥の怒鳴り声が轟《とどろ》いた。

知らせをもたらした兎《うさぎ》の女妖《じょよう》、玉雪に、千弥は詰めよった。

「なんで弥助が病鬼《やまいおに》の子を預からなきゃいけない？　そういう面倒で物騒な子こそ、うぶめが預かればいいじゃないか！　ああ、だめだだめだ！　絶対許さないよ！　何を考えているんだい！」

「そ、そんなこと、あたくしに、い、言われましてもぉ……」

鬼の形相で責め立てられ、かわいそうに、玉雪は震えあがってしまった。

ふっくらと色白で、優しい目をした玉雪。その目と同じで、心根も優しく、弥助のことを大切に想っている女妖だ。

まだ力が弱いあやかしなので、昼間は本来の姿、大きな白兎になってしまうが、夜になればこうして女の姿となり、子預かり屋の手伝いに来る。時には、妖怪達から伝言を預かってくることもある。「明日の夜、子を預けに行く」だとか「子の引き取りが少し延びそうだ」だとか。

今夜もそうした伝言を運んできたわけだが、今回は依頼主がまずかった。

病鬼だったからだ。

玉雪から聞いたとたん、千弥は烈火のごとく怒りだした。

「病鬼なんて、冗談じゃないよ！　だめだだめだ！　病をふりまくのが役目という鬼を、弥助のそばに近づけるなんて、そんなこと私が許すと思うのかい？　だいたい、玉雪、おまえもおまえだよ！」

「ひ、ひぃぃっ！」

「なぜすぐに断らない？　あいにく、弥助さんは病鬼の子は預からないんです、とかなんとか言って、うまく断ればよかったものを！」

「も、申し訳ございません……」

もう玉雪はぼろぼろ泣きだしていた。

ここでようやく弥助は我に返った。千弥のあまりの剣幕に呆然としていたのだが、やっと体が動くようになり、さりげなく千弥と玉雪の間に割って入った。

「ほらほら、玉雪さん。泣かないで。玉雪さんのせいじゃないって、千にいだってほんとはわかってるんだから」

「ううっ！　や、弥助さ、さんぅぅ……！」

「うんうん。だから泣きやんでおくれよ。俺は全然怒ってなんかいないからね」

泣いている玉雪の肩を撫でながら、弥助は千弥のほうをそっと見た。

「……あの、千にい？」

「だめだよ」

「……まだ何も言っていないんだけど」

「だめだよ」

千弥は怖い顔をそのまま弥助に向けた。

「弥助が言おうとしていることくらい、お見通しだよ。俺は気にしないから、病鬼の子を預かろうよ、と言いたいんだろう？　でも、今回だけは絶対にだめだよ。病鬼は人の生気をすする。そばに寄りつかれるだけで、疲れて、風邪をひきやすくなる。そんなものを家に招き入れたらどうなる？　熱やせきくらいではすまないかもしれない。ああ、だめだめ。ただでさえ、弥助は病弱なんだよ？　忘れたのかい？」

真剣な言葉だった。不安と心配にあふれた声だった。

虚を衝《つ》かれたものの、弥助は恐る恐る言い返した。

「病弱って……俺、元気だよ？」

「何言っているんだい！　いつもいつも何かというと、腹を壊しているじゃないか！　春でも夏でも、水っ洟《ばな》をたらして！」

「い、いつの話だよ！　そんなの、もうずっと前のことじゃないか！　俺がもっと小さな子供の頃の話だろ？」

「えっ……」

はっと体をこわばらせる千弥を、弥助は心の底から心配した。

「ねえ、千にい。千にいこそ、体がどこかおかしいんじゃないかい？　最近、昔のことを思い出せないことが多いだろ？　そうかと思えば、昔のことを今のことのように思いこんだりして……いったん、医者に相談したほうがいいよ。お願いだよ。俺……怖いよ」

肩を震わせる弥助を、千弥は慌てて抱きしめた。

「ごめん。ごめんよ。怖がらせてしまったね。悪かった。ただ、病鬼が来ると聞いたものだから、ついつい怒りがこみあげて……わかっておくれ。私にとっては、弥助は今も昔もかわいい小さな子供なんだよ。私が守ってあげなきゃいけない、守ってあげたい子なんだ。

だから、さっきみたいなことをつい口にしてしまった」

「千にい」

「だから、大丈夫。私はいつもと変わってない。ちょっと疲れているかもしれないが、医者だって必要ない。なんでもないんだよ」

「…………」

また言いつくろい、話をごまかすのかと、弥助は怒りを覚えた。こちらの心配を「なんでもない」の一言で片づけてしまう千弥に苛ついた。

思わず声を張りあげた。

「それじゃ、こうしようよ！　千にいが俺と一緒に医者に行ってくれるなら、俺、病鬼の子を預かるのはやめる。でも、千にいがいやだと言うなら……明日の夜、病鬼の子を預かるから」

「弥助！　な、なんてこと言うんだい！」

「俺、本気だよ。これは絶対曲げないから」

「……私を脅す気かい？……悲しいよ。私の弥助が、よもやそんなことを言いだすなんて、こんな悲しいことはないよ」

美しい顔を苦しげに歪《ゆが》ませる千弥。だが、ひるみながらも、弥助は一歩も引かなかった。

「俺は千にいのことが心配なんだよ」

「私だってそうだよ！　いや、私のほうがもっともっと弥助のことを心配している！」

「そういうことを言ってるんじゃないってば！　とにかく、ここんとこ千にいはちょっとおかしいよ！　自分で気づいてないのかい？」

「私はいつもと変わらない。ちょっと頭がぼうっとする時があるだけだよ」

「それがおかしいんだってば！」

おかしい。

おかしくない。

言い合っているうちに、お互い、相手に腹が立ってきた。しまいには、感情が高ぶるままに怒鳴り合った。

ついに千弥がさっと立ちあがった。色白の肌を紅潮させ、冷淡に吐き捨てる。

「もういい！　勝手にしなさい！」

「どこ行くんだよ！」

「この家に病鬼がいるところなど、見たくもない。しばらく外で過ごしてくる」

「ああ、勝手にすれば！」

憎たらしくてそう言い返した弥助であったが、千弥の姿が戸の向こうに消えたとたん、もう後悔していた。

うなだれていると、おずおずと玉雪が声をかけてきた。

「……だ、大丈夫ですか、弥助さん？」

「ん？　うん。……ううん。大丈夫じゃないかも」

「弥助さん……」

「……千にいと喧嘩なんて、初めてだ」

気分が悪かった。火事と喧嘩は江戸の華と言うけれど、仲のいい人、大事な人との喧嘩は心底疲れるものなのだと、弥助は思い知った。


宣言したとおり、千弥はその夜、戻ってこなかった。

朝になっても昼になっても戻ってこない。

じりじりして待っているうちに、また弥助は腹が立ってきた。

「俺がこんなに心配してるってのに！……もういい！　千にいなんか知るもんか！」

こういう時、やるべきことがあると、気がまぎれてありがたい。とりあえず、病鬼の子を迎える準備をするため、弥助は動きだした。

その日、日が暮れるとすぐに玉雪がやってきた。

「弥助さん。あたくしが言ったものは、あのぅ、全部手に入れられました?」

「うん。炒り豆に、神社のお札と手水《ちょうず》の水だろ? ちゃんと手に入れたよ」

「よかった。では、あのぅ、まじないを始めましょう」

玉雪は手早く神社の水で墨をすり、弥助の体のあちこちに不思議な紋様や文字を書きこみだした。そうしながら、気遣わしげにつぶやいた。

「あのぅ、千弥さんはまだ……帰っていないのですか?」

「うん。でもいいんだ。意地を張りたきゃいくらでも張ってりゃいいんだよ。千にいなんか、もうどうだっていいよ」

「いけません!」

おっとりした玉雪にしては珍しく、厳しい声で言った。

「言葉には言霊という力があるんですよ。いい言葉は良い力を招き、悪い言葉は災《わざわ》いを招く。……その気もないのに言ってしまったことが、本当になってしまったら、あのぅ、後悔するのは弥助さんですよ?」

「ごめん。もう言わないよ」

弥助は目を伏せた。泣きそうになってしまったのだ。

弱々しく言った。

「……千にいと喧嘩したのは初めてでさ。しかも、こんなに長引くなんて思っていなかったから、ついいらいらしちゃって。……もちろん、仲直りしたいけど、正直まだ怒ってもいるんだ。今回、俺は間違ってないと思ってるし。……玉雪さん、俺、千にいと仲直りできるかな?」

「できますよ」

玉雪は微笑《ほほえ》んだ。

「弥助さんと千弥さんの仲は、誰にも引き裂けやしません。喧嘩してもいいじゃないですか。お互いの気持ちをさらけだすのも、あのぅ、悪いことじゃありません。お互いのことがまた一つわかった。そう思えるでしょう?……喧嘩しても、腹が立っても、千弥さんのことが好きでしょう?」

「もちろんだよ」

「その気持ちがあれば大丈夫。きっと、千弥さんのほうも同じですから。千弥さんが戻ってこられたら、あのぅ、まずは二人でお茶でも飲んでください。そのうえで、もう一度静かに話し合えばいいでしょう」

「……うん。やってみる」

弥助は少し元気が出てきた。

「俺、やるよ。千にいと仲直りしてみせる」

「それでこそ弥助さんです。さ、墨のまじないはここまで。次は、あのぅ、着物の中にお札を縫いこみましょう。弥助さん、着ているものを脱いでくださいな」

弥助の着物にお札を手早く縫いこんだあと、玉雪はこれで最後ですと、豆を差しだした。

「口の中から邪気が入りこまないよう、豆を口に含んでいてください。もし飲みこんでしまったら、あのぅ、すぐに新しい豆を入れてください」

「そうしておけば、病鬼の子をおぶってやっても平気になるんだね?」

「……そう願います」

「願いますって……」

思わずぞくりとした時だ。

たんたん……。たん……。

戸が叩かれた。陰気で力のない叩き方だった。

「お願いします。子を預けに来たものです。どうぞここを開けてくださいまし」

枯れ草が触れ合うような声も聞こえてきた。どうにも背筋がぞくぞくする声だ。

ぐっと腹に力をこめ、弥助は戸口を開けに行った。

戸を引いたところ、外にはみすぼらしい鬼の親子がいた。

小柄な鬼だった。母親は弥助よりもずっと小さく、子供のほうは弥助の膝ほども背丈がない。どちらも青黒い肌をしており、ぼさぼさの髪はまるで干からびたわかめのように艶《つや》がなく、かたまっている。その髪の隙間から、異様に長く尖った角が一本生えているのだ。

鈍く光る黄色の目で、鬼達は弥助を見つめてきた。親鬼が辛気《しんき》くさく口を開いた。

「どうも。病鬼のあらめと申します。倅《せがれ》の苦丸《にがまる》を一晩預かっていただきたいのですが。お願いできますかえ?」

「あ、ああ、いいよ。引き受けた」

「ありがとうございます。明け方には迎えに来ますから。それじゃ、よろしくお願いしますよ」

子供を残し、病鬼のあらめはすっと消え失せた。

ぼんやりとそこに立っている苦丸を、弥助は手招いた。

「こっちに入ってきな」

「……うん」

苦丸が部屋の中に入ってきたとたん、つんと、黒かびのような臭いが広がった。

弥助は少しおののいた。たぶん、苦丸からは目に見えない病の種がふりまかれているのだ。それが体にとりつこうとしているのか、肌のあちこちがちくちくする。

でも、玉雪がほどこしてくれたまじないが効いているのだろう。それ以上のことは起こらない。急いで口の中に豆を放りこむと、息も楽にできるようになった。

胸をなで下ろし、弥助はようやく苦丸に笑いかけることができた。

「俺は子預かり屋の弥助。そっちにいるのは、兎の玉雪さんだ。よろしくな、苦丸」

「……うん」

「俺は病鬼の子を預かるのは初めてなんだけど、苦丸はどんな遊びが好きなんだ？　朝までどんなことがしたい？」

「おいら……人の子を病気にするのが好き」

「へっ？」

ぎょっとする弥助と玉雪の前で、苦丸ははにかんだように笑った。その拍子にものすごい乱杭歯《らんぐいば》が口からのぞいた。

「おいら、母ちゃんみたいに大人を病気にはできないけど……赤ん坊や小さな子供にならん風邪をひかせられるんだ。おいらがそばに行って、よりそうとね、元気だった子がだんだん青ざめて、けほけほ、せきをしだすんだ。それがおもしろいんだ」

「……そうかい」

ぞっとしたものの、弥助は責めたり怒ったりはしなかった。それが病鬼としての生き方なのだ。苦丸にとってはおもしろいことなのだ。

とはいえ、この遊びをさせるわけにもいかなかった。

「悪いなぁ、苦丸。その遊びはちょっと……俺のところではさせてやれないんだ。母ちゃんのところに戻ったらやればいいけど……とにかく、ここではだめなんだ」

「……わかった」

素直にうなずいたものの、そのあとすぐ苦丸はうつむいてしまった。

「おい、どうした？　怒ったのか？」

「お腹空いた……」

「お。そうかい？」

それならなんとかできると、弥助はほっとした。

「それじゃ、何を食いたい？　握り飯でも作ってやろうか？」

「……いらない」

「じゃ、味噌汁は？　卵をふわふわさせたやつなんか、うまいぞぉ」

「それもいらない。……人間の生気がほしい」

「えっ？」

「元気な人間の生気、食いたいの」

弥助でもいいよと、黄色い目でじっと見つめられ、弥助はあとずさりをしかけた。かわりに玉雪が慌てた様子で前に出てきた。

「や、弥助さんのはだめですよ。そんなことしたら、あのぅ、とても無作法ですよぉ」

「じゃ、弥助のは食わないよ。……でも、お腹空いた」

悲しげに訴える苦丸。病鬼であろうとなんだろうと、子供がひもじそうな様子は見るに堪えないものだ。

弥助と玉雪はひそひそと言葉を交わした。

「どうする？　どうしたらいいと思う、玉雪さん？」

「そ、そうですねぇ。あのぅ、誰でもいいってわけには……なにしろ、お腹を空かせた病鬼に生気をすすられたら、十中八九、風邪をひきますからねぇ」

「そうだよね。……ちぇっ！　久蔵が独り身だったらなぁ。絶対、あいつに苦丸をくっつけてやったのに」

「あいかわらず弥助さんは久蔵さんに容赦がないですねぇ」

「当たり前だよ。あんなやつ、風邪でもひいて、少しはおとなしくなりゃいいんだ」

だが、残念ながら、久蔵は所帯を持ってしまった。久蔵のためではなく、その女房子供のために、弥助はあきらめることにした。

「となると……」

「誰か他の人を探さないといけませんねぇ。誰か心当たりはいませんか？　ろくでもなくて、あのぅ、風邪をひいたほうが世のため人のためになるような人、知り合いにいませんか？」

「そんなこと言われても、すぐに思いつか……あっ！　いる！　いるよ！　ぴったりのやつが！」

かっと、弥助は目を見開いた。

この太鼓《たいこ》長屋から三棟離れたところに建つ赤猫長屋。あそこに最近越してきたたちの悪い男がいる。見るからにちんぴらといった風体をしており、気性も荒く、懐《ふところ》にはいつも刃物を隠しているという。

そいつが越してきてからというもの、近所のおかみ達の井戸端会議がいっそうけたたましくなり、自然と弥助の耳にもその噂は入ってくる。そして聞こえてくるのは、見事なほどろくでもないことばかりだった。

昼間から酒を食らっている。

うるさいという理由で、表で遊んでいた子供を殴り飛ばした。

長屋に住む老人がかわいがっている犬を蹴り殺した。

通りがかりの若い娘には、さかんにいやらしい言葉を吐いて、ちょっかいをかける。

実際、弥助もそいつの悪さを目の当たりにした。

つい数日前のことだ。そいつは「虫が入っていたぞ。こんなものを客に食わすのか」と、突然人の良い煮売りの棒手振り《ぼてふ》りに食ってかかった。そうしていくらかの銭をもぎ取ったばかりか、棒手振りの荷を蹴り飛ばし、なんとその上にたっぷり小便を振りかけたのだ。

その時のげらげらと笑っていた顔が、弥助は忘れられなかった。こんな楽しいことはないとばかりの、悪意に満ちた笑いだったのだ。

憎らしさと怒りがかっとこみあげてきたが、弥助は動けなかった。まわりの者達と同様、体がすくんでしまっていたのだ。ちんぴらが去ったあと、棒手振りを助け起こし、「大丈夫かい?」と声をかけてやることしかできなかった。そんな自分をどれほど恥じたことか。

そうしたことを思い出すと、あいつは許せないという気持ちがぶり返してきた。

「そうだ。あの野郎。体が大きくて乱暴者だから、誰も注意できなくて、それをいいことにやりたい放題しやがって。あんなやつこそ、病気になっちまえばいいんだ」

もともと、子妖の中でも屈指のいたずら者、梅妖怪の梅吉《うめきち》と月夜公の甥の津弓《つゆみ》の二人に、「あいつに手ひどいいたずらをしかけてやってくれ」と頼むつもりだったのだ。頼む相手を苦丸にしたところで、大差はない。

弥助の心は決まった。

「よし、苦丸。いいぞ。腹いっぱいにしてやるから、ついてきな。あ、玉雪さんはここで待ってて」

「だ、大丈夫ですか？　あたくしも、あのぅ、一緒に行ったほうがいいのでは？」

「平気さ。そいつの家はそう遠くじゃないし。……もし、千にいが戻ってきたらさ、俺がちゃんと仲直りしたいってこと、伝えてほしいんだ」

もじもじ言う弥助に、玉雪は「わかりました」と微笑んだ。

そうして、弥助と苦丸は外に出た。すでに夜もだいぶ遅く、周囲の長屋も寝静まるとまではいかないが、静かなものだった。長屋と長屋の間にできた暗く細い路地を忍び足で歩き、誰とも出くわさないよう気をつけながら、弥助は進んだ。

ほどなく赤猫長屋へとたどり着いた。

ちんぴらが住んでいる部屋を、弥助はすぐに突き止めた。荒《すさ》んだ人間が住んでいる部屋というものは、自然と荒んだ雰囲気をまとうからだ。

そっと壁にできた割れ目からのぞいてみれば、中にはあの男がいた。みっともなく大の字になって、ごうごうと、いびきをかいている。またをおっ広げているため、すね毛だらけの足と黄ばんだ褌《ふんどし》がさらけだされており、弥助はおえっとなった。

それはともかく、男の眠りは深く、ちょっとやそっとのことでは目を覚ましそうにない。

好都合だと、弥助はにやりとした。

「……よし。うまい塩梅《あんばい》に寝てるな。苦丸、いいぞ。中に入って、あいつの生気をうんとすすってやれ」

「うん！」

黄色の目を鈍く光らせながら、苦丸は割れ目に顔を押しつけた。

次の瞬間、苦丸は部屋の中にいた。どこをどうしたものか、するりと中に入りこんでしまったのである。

これが病鬼の能力なのかもしれないと、弥助が感心している間にも、苦丸はするすると男へと近づいていく。

と思ったら、すばやく弥助のほうに戻ってきた。

困った顔をしながら、苦丸は割れ目越しに弥助に訴えた。

「だめ。触れない」

「どうしてだよ？」

「お守り……あいつ、お守りをつけてるの」

「お守りだって？」

目をこらしてみれば、男は確かにお守り袋のようなものを首からつり下げているではないか。

あんな男が図々しくも神仏の守りを受けているなど、ますます弥助は腹が立った。憎らしさが胸いっぱいにふくれあがる。

「よし。まかせろ。今、俺が取ってやる。……苦丸。戸の心張棒を外してくれ。音が立たないよう、そっとな」

「わかった」

苦丸は言われたとおり、物音一つ立てずに心張棒を外し、戸を開けてくれた。

胸の動悸を押さえながら、弥助はそっと中に入った。他人の家、招かれていない家の中に入る。その居心地の悪さに、肌がぞわぞわした。

おまけに、この部屋の臭いこと。何かが腐った臭いと酒、それにむさ苦しい男の体臭が充満している。

せきこまないように気をつけながら、弥助は用心深く奥の男へと近づいていった。一歩近づくたびに、心臓がばくばくした。男が今にも目を開き、起き上がりはしないかと、冷や冷やする。

ようやく手が届くところまでやってきた。汗だくになりながら、弥助は男を見た。よく眠っている。深酒をして、深い眠りの中にいるようだ。

だが、油断は禁物だ。

できるだけそっと、弥助は男の胸元にあるお守り袋をつまみあげた。そのままそろぉっと上へと動かし、紐を首から外しにかかる。

途中、「ふごっ！」と、男が大きく息をした時は、危うくお守り袋を取り落としそうになった。

落ち着け。大丈夫だ。大丈夫だから。

自分に言い聞かせながら、さらに慎重に動いていった。

とうとう、紐が男の首から外れた。

取り外したお守り袋を手に握りしめ、弥助は「いいぞ」と苦丸にうなずきかけた。

苦丸が動いた。男の頭を小さな両手ではさみ、首にまたがるようにして座ると、すうすうっと、男の上で息を吸いだした。鼻だけでなく、口も開いて、吸っていく。かぐわしい香りをあまさず吸いこもうとしているようにも、大量のそばをすすりこんでいるようにも見える姿だ。

次第に、男の寝息が苦しげなものに変わっていった。

「ううっ……ううぅ」

うめく顔色がどんどん悪くなっていく。肌がたるんでしわがよっていき、寝汗をいっぱいかきだした。心なしか、髪までうっすらと灰色になってきた。

このままでは死んでしまうのではと心配する一方で、弥助はいい気味だという気持ちを抑えられなかった。もっとやってやれと、苦丸をけしかけたくてたまらない。男の苦しそうな寝顔を見るのがなんとも楽しいのだ。

そんな自分を不思議に思いかけた時、苦丸が男から離れた。その腹はぱんぱんに膨《ふく》れ、口には満足そうな笑みが浮かんでいた。

丸くなった腹を抱えるようにしながら、苦丸は弥助のところに戻ってきた。

「うまかった。お腹いっぱい」

「よし。よくやった。それじゃ戻るぞ」

「だっこ」

「なんだって?」

「だって、お腹がいっぱいで、もう歩けない」

「しかたねぇなぁ」

だが、弥助が手を差しだすと、苦丸は嫌そうにあとずさりをした。

「どうした?」

「それ、どっかにやって」

「あ、お守り袋か。悪い悪い。持っていたのを忘れてた」

土間の隅へとお守り袋を投げ捨てたあと、弥助は苦丸を抱きあげ、そろりとちんぴらの部屋から出て行った。

だが……。

歩くにつれて、どうも苦しくなってきた。喉がひりひりする。頭も熱く、火照《ほて》ってきた。鼻からはずるずると水っ洟がたれてくるし、ひどい悪寒が体にからみついてくる。

どうして？　苦丸を抱いているからか？　でも、玉雪のまじないのおかげで、体は守られているはずなのに。口にはちゃんと豆だって入れているというのに。

風邪をひいた時みたいだと思い、弥助は愕然とした。

だが、頭はどんどん朦朧《もうろう》としてきて、考えるのも難しくなってきた。

やっとのことで自分の部屋に戻り、苦丸をおろしたところで、弥助はばったり倒れてしまった。

「弥助さん！」

玉雪が悲鳴をあげたが、その声すらもう弥助には届かなかった。

ぐつぐつと煮えた熱い泥。

それに沈んでいくような苦しさに、弥助は包みこまれていた。

熱い。体が燃え尽きてしまいそうだ。なのに、時折凍りつくような寒気にも襲われる。節々も痛むし、鼻が詰まって息苦しい。一番ひどいのは喉の痛みだ。腫れあがって、息をする道をふさいでしまっている。

そんな苦しみにもだえながら、弥助はようやく目を覚ました。そばには千弥が座っていた。

「千、にい……」

ごろごろする喉で必死に呼びかける弥助の手を、千弥はひしと握りしめた。

「大丈夫。私がいるからもう大丈夫だよ」

「千にい……戻ってきてくれたんだ」

「もちろんだよ。他に戻る場所なんか、ありはしないんだから。……かわいそうに。喉は痛いかい？　あとですぐに葛湯《くずゆ》を作るよ。そうだ。お腹は空いていないかい？　玉雪が粥《かゆ》を作っておいてくれたからね。食べられそうなら、食べたほうがいい」

だがその前にと、千弥は懐から大きな黒い丸薬を取りだし、弥助に差しだした。

「まずはこれを飲みなさい」

「何これ?」

「薬だよ。風邪や病にはてきめんに効くそうだ。こんなこともあろうかと、月夜公のところからもらってきたんだよ。津弓のために手に入れたものだと言っていたから、効き目は確かなはずだよ。さ、お飲みお飲み」

「う、うん」

言われるままに、弥助は丸薬を口に入れた。飲みこむより先に、丸薬はほろりと舌の上で崩れた。

とたん、弥助は飛びあがった。毒かと思うほど苦かったのだ。

舌が苦みで焼けていく。いや、穴が開いていくかのようだ。

ひいひいのたうちながらも、弥助はなんとか薬を飲みくだした。その時には汗をびっしょりかいてしまっていた。

だが、千弥が言ったとおり、効き目は確かなものだった。すぐに喉の痛みや熱がおさまってきたのだ。体の痛みも薄れ、朦朧としていた頭もすっきりとしてくる。

弥助は感心しながら身を起こした。

「すげぇ。こんな薬もあるんだなぁ」

「ああ、そうだね。とはいえ、体が弱っていることには変わりないからね。さ、布団に入りなさい。今、葛湯をこしらえよう。うんと甘いやつにしてあげるから」

「うん……」

弥助は素直に布団に横たわった。だが、その間も千弥から目を離さなかった。

「……千にい」

「なんだい？」

「苦丸は？」

「病鬼の子なら、明け方に母親が迎えに来たよ。よく面倒を見てくれたと、喜んでいたよ」

「そう。……千にい。俺、苦丸に生気を吸わせたんだ。俺のじゃないよ。赤猫長屋のろくでなしの生気。……あいつが病気になればいいと思って」

「ああ。全部玉雪から聞いたよ」

「そこから戻る時、急に体が苦しくなったんだ。それまでずっと平気だったのに。……どうしてだと思う？」

葛湯作りの手を止め、千弥は弥助を振り返った。

「それは弥助が悪意を持ったからだろう」

「あ、悪意？」

「そうだ。ろくでなし男への悪意。病気になって、ざまあみろという気持ち。それはもともと持ち合わせていたのだろうけど、病鬼がそばにいることでさらに大きくなった。弥助はやたら怒りを覚えなかったかい？　あの男への憎しみは抑えきれないほどじゃなかったかい？」

「………」

「ああ、やっぱりね。……そういう負の想いが、玉雪のほどこしたまじないに穴を開けた。そこから病鬼の子の力が染みこんだんだろう」

「つまり……俺があいつをこらしめようと思ったことが、そもそもよくなかった？」

「おまえは憎しみの気持ちを持って、病鬼の子を男にさしむけた。それはすなわち、男を呪うことだったのだよ。その跳ね返りがこうして体に出たんだよ。よく言うだろう？　人を呪わば穴二つと」

ふいに弥助は悟った。

つまり、自分は罰《ばち》が当たったのだ。男を呪った報いが、こうして病気となって体に表れた。それだけのことをしてしまったのだと、後悔に襲われた。

一方、千弥はため息をついた。

「だから嫌だったんだよ。病鬼というのは、体だけでなく心を蝕むこともあるからね。弥助の心にむやみやたらに憎しみや怒りをかきたてられたら困ると思ったのに。だが……これで少しは思い知ったかい？　私の言うことを素直に聞いたほうがいい時もあるって、これでわかっただろう？」

「……俺が怒ったのはそのことじゃないけど……でも、ごめん。千にいの話をもっとよく聞くべきだったよ」

弥助の言葉に、千弥はぱっと顔を輝かせた。

「それでこそ私の弥助だ。本当にいい子だよ。さ、寝てなさい寝てなさい。今回のことは全て忘れよう。今はとにかく早く元気になることだ。あとでどっさり卵も買ってきてあげようね。ゆで卵くらいなら、私でも作れる。あれに塩を振って食べるの、弥助は好きだったろう？　十個でも二十個でも食べるといい。それから……弥助？　寝てしまったのかい？」

小さな寝息が返事だった。薬を飲んだせいなのか、いつの間にか弥助は眠りこんでしまっていたのだ。

その体に布団をかけ直してやりながら、千弥はつぶやいた。

「そうだ。弥助は……体が弱い。すぐに腹を壊すし、何度も何度も熱で倒れてしまう。……かわいそうな弥助。なんとか丈夫にしてやらないと。ただの薬ではだめなんだ。何か特別の……本当に体が丈夫になるようなものを与えてやらないと」

苦しげに千弥はつぶやき続けた。

体の弱い弥助のために、どんなものをあげたらいいのだろうと。

## 三

冷たい風の吹く秋の夜、弥助のもとに珍しい依頼がやってきた。

なんと、子供を預かるのではなく、相手方の家に出向いて子供の面倒を見てほしいと頼まれたのだ。

伝言を預かってきた玉雪に、弥助は首をかしげた。

「なんでわざわざ? 今までそんなの、一度もなかったけどな。妖怪達はみんな子供をここに連れて来たのに。……そっちに出向けだなんて、よほどのわけでもあるのかな?」

「ありますねぇ」

笑いを噛み殺した顔をしながら、玉雪はうなずいた。

「なにしろ、相手は人魚ですからねぇ」

「人魚!」

「あい。海が住まいの人魚が、陸《おか》の上の長屋に子を預けに行くとは、あのぅ、さすがに言えませんよ」

　なるほどと思ったものの、弥助はすぐに言い返した。

「そりゃ、こっちも同じだよ！　人間の俺に、海の中に来いって言うのかい？　無理だよ！　俺、泳げないし！　そもそも魚じゃないんだから、水の中じゃ息が続かないよ。浅瀬で子供の面倒を見ろと言われてもさ、ずっと水に浸かっていたら、体も冷えちまう。また風邪でもひいたら、今度こそ千にいに雷を落とされるよ」

　今この場に千弥がいなくてよかったと、弥助はつくづく思った。もしいたら、盛大にわめきたてていたことだろう。下手をしたら病鬼《やまいおに》の時と同じ運びになっていたかもしれない。

　そうならずにすんだのは、千弥が出かけているからだ。

　最近、千弥はよく家を留守にする。なぜか急に釣りに夢中になってしまったのだ。

「いや、釣りがこんなにもおもしろいものとは思わなかった。名人になれば、もう魚を買わなくてすむし、一石二鳥だよ。一緒に行きたい？　いや、まずは私一人でやらせておくれ。あちこち回って、ここぞという釣り場が見つかったら、その時は弥助を呼ぶからね。しばらく、私の好きにさせておくれ」

　そう言って、日が暮れると、いそいそと釣り竿《ざお》を持って出かけていくのだ。戻ってくる時には、いつも磯《いそ》の匂いをつけている。ただし、腕はまだまだからきしなのだろう。今のところ、一度も魚を持って帰ってきたことはない。

まあ、楽しんでいるのだからいいだろうと、弥助は思っていた。

とにかくだ。海の中での子預かりなど、とんでもなかった。さすがに引き受けることはできない。

そう言おうとする弥助に、玉雪がくすくすと笑った。

「あれ、大丈夫ですよ。そんなに心配しなくても、あのぅ、人魚はちゃんと手を考えてくれていますよ」

「手？　ってことは、何か方法があるってのかい？」

「あい。あちらも、弥助さんが人間だということは知っていますからねぇ。ちゃんと、あのぅ、魚心丹《ぎょしんたん》を用意しておいてくれるそうです」

「魚心丹？」

聞いたことのない名に、弥助は目をぱちぱちさせた。

「……なにそれ？」

「人魚の秘薬ですよ。人魚達の鱗《うろこ》と海の底の水、それに、あのぅ、何か不思議なものを混ぜ合わせて作るんだそうです。これを飲むと、陸の生き物でも、海の中で息ができるようになり、冷たい水も平気になるそうですよ」

「じゃ、それを飲んだら、魚みたいになれるってことかい？　す、すげえ！　そんな薬があるんだ！」

その効能が本当だとしたら？

弥助は俄然《がぜん》わくわくしてきた。

弥助にとって、川や海は脅威だった。泳げないことだけが理由ではない。うんと小さな頃に溺《おぼ》れかけたことがあるのだ。

川で遊んでいて、うっかり深みに踏みこんでしまった。その瞬間、頭の先まで水の中に浸かっていた。冷たい重い水は、青い闇だった。全てをぼやかせ、飲みこんでくる。焦って悲鳴をあげると、当然ながら口の中に水が流れこんできた。慌てて口を閉じ、息をしようとしたところ、これまた当然ながら鼻から水が入ってきた。

あわやのところで千弥に助けられ、事なきを得たのだが、溺れかけた恐怖と苦しさは今もまざまざと思い出せる。だから、弥助は魚釣りに行く時も、いつも十分気をつけていた。決して水の中に入らないようにし、足場の悪そうなところにも近づかなかった。

それほど恐れていたわけだが、それと同時に、憧れもあった。

ゆらめく水面の下には、いったいどんな景色が広がっているのだろう？

白い波間の下で、魚はどんなふうに泳いでいるのだろう？

それが見られるかもしれないのだ。心がときめいてしかたなかった。

おほんと、弥助はせきばらいした。

「えっと、それじゃ引き受ける。やるよ、人魚の子預かり」

「それはよかった。人魚が喜びます」

「で、いつ人魚のところに行けばいいんだい？」

「できれば、今夜にでもとのことです。弥助さんさえよければ、あのぅ、あたくしが人魚のもとに運んであげますよ」

「じゃ、お願いしようかな」

「あいあい。おまかせを」

弥助の手を取り、玉雪は外に出た。今夜は月はなかった。星だけが輝いている。

空を見上げていた弥助は、ふいに夜の暗闇がぐにゃりとねじれ、足下の地面がすっとなくなるような感覚に襲われた。

玉雪の術だと、目を閉じてこらえた。ひゅうひゅうと、風が逆巻いて体をすり抜けていくのを感じた。

「あい。着きましたよ」

玉雪の優しい声に、弥助は目を開けた。目を開けると同時に、鼻にはどっと潮の香りが押し寄せてきた。

弥助と玉雪は黒い大きな岩礁《がんしょう》の上にいた。潮の香りがするのも当たり前で、まわりは一面、海だった。この岩礁は海の中から竹の子のように生えており、ざぶんざぶんと、波が打ち寄せられては白く崩れていく。

目をこらすと、遠くにかすかな明かりが固まっているのが見えた。きっと、あの辺りに漁村でもあるのだろう。だが、明かりがあんなに小さく見えるということは、この岩礁はずいぶんと沖にあるにちがいない。

弥助は急に怖くなり、隣にいる玉雪にしがみつきたくなった。

その玉雪はというと、しきりに海に身を乗り出し、ぴるぴると唇を鳴らしていた。

と、ざぶりと、波が大きく盛り上がり、奇怪な顔がぬうっと現われた。

濡れた黒髪に覆われた大きな女の顔だった。目が丸く大きく、鼻はのっぺりして、どことなく魚を思わせる。肌も異様なほど青白い。真珠《しんじゅ》のようなと言えば聞こえはよいが、美しさよりも不気味さが目立つ。

だが、その声は……。

「おお、玉雪殿。連れて来てくだされたか」

体の奥まで痺《しび》れるような美声に、弥助は思わずくらりときた。

この声を聞いてしまうと、もうだめだ。目の前の女が愛《いと》しくて、慕わしくて、今すぐ水に飛びこんで、女に抱きつきたいと思ってしまう。

だが、動きかける弥助を玉雪がしっかり抱きとめた。そうしながら玉雪は海の中の女に答えた。

「こちらが子預かり屋の弥助さんです。あのぅ、申し訳ないのですが、魚心丹を先にいただけませんか？　弥助さんが声の魔力に囚《とら》われてしまったようですので」

「おお、これは申し訳ないのぅ」

女は口をすぼめ、ふっと、何かを飛ばしてきた。

小さな丸い玉だった。赤や青、緑に黒、白から銀へ。炎のように色を変える玉に、弥助は波間の女のことさえ一瞬忘れた。

なんてきれいなんだ。

そう思った次の瞬間、玉雪が玉を受け止め、そのまま弥助の口の中へと放りこんできた。

「うっ！」

いきなりだったこともあり、わけもわからぬうちに弥助はごくりと飲みくだした。喉を伝わり、玉が胃袋に落ちていくのをはっきりと感じた。

と、急に体が熱くなってきた。

熱い。火にあぶられているかのように、全身がじりじりする。冷たかった夜風は、今や熱風のようだ。なにより、玉雪につかまれているところが熱かった。

火傷してしまうと、弥助が本気でおびえた時だ。玉雪が腕を放してくれた。

弥助はすぐさま動いた。迷いなく海の中へと飛びこんだのだ。

ざぶんと、冷たい水に浸かったとたん、得も言われぬ心地よさが弾けた。

これだ。これがほしかった。

自分が泳げないことも忘れ、弥助は水の冷たさに酔いしれた。喉も渇いていたので、がぶりと、塩辛い水を飲んだ。

うまい。体に染み渡るようだ。

ごくごくと飲み続けると、いっそう気分がよくなる。

「ほほほ。立派な人魚におなりじゃのぅ」

女の笑い声に、弥助ははっと我に返った。

振り返れば、水の中に女がいた。だが、女の体はぬらぬらとした大きな長い魚だった。魚に人面が張りついているのだ。

「人魚だ……」

「ふふふ。今はそちらもそうじゃ」

言われて、弥助は自分の体を見た。

着物が肌に張りつき、ざりざりとした茶色の鱗に変わりつつあった。手は縮み、ひらひらとしたひれへと変わっていく。いつの間にか、足の感覚もなかった。だが、前に進もうと思えば、進めた。足は長い魚の尾と変わっていたからだ。

水の中なのに苦しくない。しかも、泳げる。暗い水もよく見通せる。同じ姿になったおかげか、人魚の声も、もはや普通の女の声に聞こえる。

自分の変化に驚きつつも、弥助ははしゃぐ気持ちを抑えきれなかった。ぐるりと一回転してみる。なめらかですばやい動き。陸の上での自分が、いかに不様《ぶざま》だったかを思い知らされる。

ここで、自分の名を呼ぶ玉雪の声が聞こえた。

上を見れば、水をのぞきこむ玉雪の顔が見えた。心配させないため、弥助はすぐに浮上し、水から顔を出した。がっと、外の熱気が顔をあぶってきたが、首から下は海の中なので、まだなんとか耐えられる。

一方、弥助の顔を見て、玉雪はほっとしたように息をついた。

「よかった。……大丈夫ですか？」

「うん。すごくいい気持ちだよ！　人魚になるのも悪くないね！」

「それじゃ、あのぅ、あたくしも人魚になったほうがいいですか?」

「ううん。玉雪さんはこのまま長屋に戻ってくれないかな? 千にいが釣りから戻ってきた時、俺がいないと、大騒ぎするだろうから。どこに行ったか、ちゃんと伝えて、安心させてやってほしいんだ」

「確かにそうですね。それじゃ、あのぅ、千弥さんが戻ったら、弥助さんが人魚のところにいると伝えます」

「うん。ありがとう」

「夜明け前に、また迎えに来ますので」

「うん」

ざぶんと、弥助はふたたび水に潜った。これ以上、顔を出していられなかったのだ。潜ると、ほっとできた。水に癒やされ、痛んでいた肌がみるみる楽になっていく。波の振動も、潮の流れも心地よい。

うっとりしていると、するりと人魚が泳ぎ寄ってきた。改めて見ると、人魚を覆う鱗はたいそう美しいことがわかった。色とりどりの鱗が錦のように重なっていて、しかも虹色の光沢を放っている。

「それでは、まいりましょうぞ」

「うん」

人魚と共に、弥助は海深くへと潜りだした。

海の底は闇に満たされていたが、弥助の目には全てがはっきり浮かびあがっていた。

様々な珊瑚《さんご》や海藻が生い茂り、海の中は鮮やかな森のごとく豊かだった。

その森のあちこちで身を寄せ合うようにして眠っている魚達。

眠ることを知らずに漂うくらげ。

貝や蟹《かに》は珠のようなあぶくを吐き、蛸《たこ》やうつぼは凶暴に目を光らせながら黒い岩陰に身を潜めている。

初めて目にする、夢でも見たことがない光景に、弥助はすっかり心を奪われた。千弥と一緒に、この水の世界を味わいたかったと、しみじみ思いもした。

そんな弥助によりそうようにして泳ぎながら、人魚は色々と話してくれた。名は綾波御《あやなみご》前《ぜん》といい、子は三匹。今夜は別の縄張りの主に話をしに行くため、子供達を預けたいとのことだった。

「というのも、最近、どうも物騒なのじゃ。うろんな不届き者が、この辺りを荒らしておりましてのぅ」

「人間?」

「かもしれぬ。……この辺りの漁師は、わらわの縄張りでは漁をしないのが習わし。その代わり、わらわも彼らを守り、海の恵みをそれとなく与えている。昔から続いていることなのじゃが……どうもよそからやってきた人間が、勝手をしているようでしてのぅ。……それも、狙いはどうも、わらわ達のようなのじゃ」

「人魚を狙ってきてるってことかい？」

「そうじゃ」

綾波御前は沈鬱《ちんうつ》な顔をした。

「……弥助殿はご存じないかえ？　人魚の肉は人間に長寿を与えるのじゃ。それを知っている人間は少ないが、怪しの道に通じた者の中には、執拗《しつよう》に我らを狩ろうとする輩《やから》もおる。もっとも、我らは海に守られておるからの。そうそう狩られることはない。またわらわとて、いざとなれば自分の身は自分で守れる」

気がかりなのは子供達だと、綾波御前は言葉を続けた。

「あの子らはまだまだ幼く、力も弱く、警戒することを知らぬ。しかけられた網に平気で近づいてしまうし、たらされた釣り針を好奇心からほしがる。とにもかくにも目が離せぬのじゃ」

「なるほど。それで俺を呼んだってわけだ。でも、それなら……いっそ子供達を一緒に連れて行ったほうがいいんじゃないかい？」

「いや、それはいかぬのぅ。今夜訪ねる相手というのは、八海《はっかい》という名の大蛸の化け物なのじゃ。目が悪く、食い意地も張っておるゆえ、子供の人魚を魚と間違って食べてしまうかもしれぬ。とても連れては行けぬのじゃ」

「そ、そうか。それじゃ無理だね、確かに」

さらに泳ぎ続けていくと、前方に大きな岩が見えてきた。櫓のようにぬうっと立った岩だった。

「あれがわらわの住まいじゃ。中は空洞となっておる」

「じゃ、子供達は中にいるのかい？」

「さようじゃ」

岩の根元の辺りには、これまた途方もなく大きないそぎんちゃくが張りついていた。弥助を飲みこめそうなほど大きくて、長い薄紅色の触手を花びらのごとく揺らしている。

「これは花磯《はないそ》。わらわの住まいの門番をしてくれている。花磯、戻ったぞえ。開けてたもれ」

綾波御前が呼びかけると、いそぎんちゃくの触手がしゅうっと中央におさまっていき、かわりに穴が現われた。入り口だ。

綾波御前のあとに続き、弥助はその穴をくぐって、岩の中へと入った。

綾波御前の言ったとおり、中は洞窟になっており、かなり広かった。底には真っ白な砂が敷き詰められ、色も形も美しい貝殻や珊瑚などが花や置物のように飾られている。さながら清い座敷のような趣《おもむき》だ。

明るいのは、天井近くに大きな泡が浮かんでいて、その中に集められた光が月光のように降り注いでいるためだ。

きれいだと、弥助が見とれていると、どこからともなく小さな人魚達が泳ぎ寄ってきた。いずれも秋刀魚《さんま》ほどの大きさで、見た目は綾波御前とよく似ている。

だが、色とりどりの鱗を持つ綾波御前と違い、彼らははっきりと鱗の色が分かれていた。一匹は赤く、もう一匹は緑色で、最後の一匹は淡い浅黄《あさぎ》色だった。

子供の人魚達は綾波御前にまとわりつき、きゃあきゃあと声をあげた。

「母様！　お帰りなさい」

「お帰りなさい！」

子供らの声は鈴の音のようにきれいだった。

そんな子供達に愛しげに笑いかけたあと、綾波御前は弥助と子供らを引き合わせた。

「弥助殿、これがわらわの子らじゃ。右から順に、珊瑚、若藻《わかも》、銀水《ぎんすい》という。子供達、こちらはそなたらを預かってくださる弥助殿じゃ。母が戻ってくるまで、弥助殿の言うことをよく聞いて、仲良うするのじゃぞ。よいかえ？」

「あーい」

声をそろえて返事をするところが愛くるしく、弥助は思わずにっこりした。小さな人魚達のほうも、そんな弥助が気に入ったようだ。くすくすと、嬉しげに笑いだす。

その様子に、安心したように綾波御前が言った。

「どうやらうまくやれそうじゃのぅ。では、わらわは出かけてまいる。よろしゅう頼むぞ、弥助殿」

「あっ、ちょっと待った！　やっちゃいけないことってあるかい？　食わせたらいけないものとか、何かあるなら、前もって教えてくれ」

「食べ物のことは心配いらぬ。涙はたっぷり与えたゆえ、腹を空かせて泣くことはなかろう」

「涙？」

「人魚は、涙で子を育てるのじゃ。人や獣《けもの》が乳を与えるようにのぅ」

「へぇ、そいつは知らなかった」

妖怪達との付き合いはまだまだ浅いのだと、弥助は思った。

そうして、綾波御前は出て行き、弥助は三匹の小さな人魚に囲まれた。人魚達は小鳥のように明るくさえずってきた。

「弥助っていうの？　あたし、若藻。遊ぼう、弥助」

「あたしは銀水。貝殻遊びが好き」

「あたしは珊瑚。ねえ、見て見て。あたしの鱗って、ほんとの珊瑚みたいに赤くてきれいでしょ？」

こっちを見て。

一緒に遊んで。

屈託なく甘えてくる小さな人魚達が、弥助はかわいくてならなかった。砂に埋めた貝殻を探す遊びをし、くるくると岩屋の中を追いかけっこし、泡をぶくぶく吐いては笑い合った。

だが、しばらくすると、子供達は遊びに飽きてきて、「外に出よう」と、しきりに弥助にねだってきた。

「え？　それはまずいだろ？」

「どうして？」

「だって、外は危ないんだろ？　おまえ達を……狙っているやつがいるって、綾波御前は言ってたぞ」

「それは、海の上のほうのことよ」

「そうそう。底のほうにいれば大丈夫。網も釣り糸も届かないもの」

「だから行こう。ね？　弥助に海のきれいなもの、いっぱい見せてあげたいの」

「あたし達のお気に入りの場所にも連れて行ってあげるから」

「でもなぁ……」

「平気だってば。だって、母様だって、お外に出るなとは言ってなかったでしょ？」

確かに。綾波御前は「面倒を見てくれ」と言っただけで、「外に出るな」とは特に言っていなかった。ということは、問題はないということなのか。

三匹が騒がしくなったこともあり、弥助はついにうなずいた。

「わかった。それじゃちょっとだけ外に出よう。でも、頼むからあちこちに行かないでくれよ？　俺、おまえ達だけが頼りなんだ。おまえ達が離れちまったら、どこをどう泳いだらいいか、わからなくなっちまうからさ」

こう言われ、「まかせて」と、人魚達ははりきった。

「絶対一人にしないから、大丈夫」

「弥助はあたし達が守ってあげるね」

「鮫《さめ》が近づいてきても、追い払ってあげるから」

「そ、そいつは頼もしいよ」

「じゃ、行こう!」

出入り口に近づくと、にゅるりと、いそぎんちゃくの花磯が道を空けてくれた。

そうして、ふたたび弥助は海へと出た。だが、今回は周囲の景色に見とれる暇はなかった。燕《つばめ》が飛びかうように、三匹の人魚が自分のまわりを泳いでおり、それを目で追うのが精一杯だ。

「こ、こら! そんなはしゃぐな! そんなに速く泳がないでくれよ」

「ふふ。ほらほら、弥助。ついてきて」

「こっちよ。こっちがすてきなの!」

「あたし達のお気に入りの場所。連れて行ってあげるから」

「わ、待ってくれ!」

「早く早く!」

くすくすと笑いながら泳ぐ人魚達を、弥助は必死で追いかけた。

やがて、前方に淡い光が見えてきた。ほのかな薄紅色の、優しい光だ。近づくにつれ、光を放っているのが大きな木だということがわかった。

本当に大きな木だった。真っ白な砂地に立ち、大人が三人手をつなぎあっても足りぬほど太い幹をしている。枝も大きく広くのびており、そして薄紅色の花で包まれていた。

木は桜だったのだ。

驚きで弥助は息が止まりそうになった。

秋の、それも海の底で、満開の桜の花を見ることになるとは。それにこの圧倒的な美しさはどうだ。光を放ちながら、咲き誇っている。

だが……。

何かがおかしかった。弥助が見知っている桜の木とは何かが違う。

近づいてみて、弥助はようやく気づいた。木に咲いた桜の花びらは、全て薄い桜貝、桃色の可憐《かれん》な貝殻で作られていたのだ。

だからこそ、この花は散ることがない。花びらがちらちらと舞い落ちることはない。不変の佇《たたず》まいを見せる木の姿は、堂々とありながら、どこか歪《いびつ》でもあった。

呆然としている弥助に、人魚達は次々に語りだした。

「その昔ね、この辺りの主が一晩だけ、人の姿に化けて、陸にあがったの」

「そして、桜の木の精に恋したの。でも、恋は叶わなくて、海に戻らなくてはならなかった」

「戻っても桜の精のことが忘れられなかった主は、苦しい心を慰めるため、海の底に桜を作ったの。黒珊瑚を集めて木の幹を作り、無数の桜貝で花を作って」

「そして、桜の木ができあがると、もう主はその前から動かなくなったんですって。何年も、何十年も。桜をじっと眺めながら、静かに死んでいったと、母様が言ってた」

そうかと、弥助はうなずいた。

「……それほど桜の木の精に惚《ほ》れていたってことなんだな」

この桜が、きれいだが、どことなくせつないのは、そのためなのかもしれない。

弥助は改めて桜を見た。

決して散ることのない満開の桜が、海の底にある。深い青闇の中で、鮮やかに狂おしく咲き誇っている。これを十弥と一緒に見られればよかったのにと、また心から思った。

「ありがとな。すごくきれいなものを見せてもらったよ」

「ううん。まだまだ。もっといいものを見せてあげる」

「あたし達が世話している真珠貝の畑はどう？　ちっちゃな真珠がすくすく大きくなっているのが見られるわよ」

「それより、珊瑚の森のほうがいいわ！　今なら瑠璃《るり》色のお魚の群れが見られて、弥助もきっと喜ぶもの」

「そんなことないもの！　真珠のほうが弥助は好きだもの！」

「銀水のいじわる！」

「珊瑚のほうがいじわる！　馬鹿！」

急に喧嘩をし始めた珊瑚と銀水を、弥助は慌てて引き離した。

「こらこら、やめろ。姉妹で喧嘩なんかするな。喧嘩したって、楽しいことなんか一つもないんだから」

「ごめんなさい……」

「ごめんなさい……」

「いや、俺に謝るんじゃなくて、お互いに……おい。若藻はどこだ？」

いつの間にか、緑の人魚がいなくなっていた。

弥助は血が氷のように冷えるのを感じた。

この途方もなく広い海で、子供とはぐれてしまった。どうしよう！　見つけられるのか？　若藻は小さいし、下手したら大きな魚に食われてしまうかもしれない。ああ、なんで目を離したりしたんだ！

だが、捜し回ろうにも、そばには珊瑚と銀水がいる。この子達まで見失うわけにはいかない。

弥助はふと思いつき、珊瑚達に言った。

「おまえ達、俺の髪をぐっとくわえて、放さないようにできるか？　若藻を捜す間、俺の髪をくわえていられるか？」

「できる！」

「やる！」

「よし。じゃ、やってくれ」

二匹の人魚はさっそく弥助の髪にかじりついてきた。

人魚達を頭にくっつけたまま、弥助はぐんぐん泳ぎだした。

「若藻！　おい、若藻！　どこだぁ！」

嬉しいことに、それほど経たずして、小さな声が応えてきた。

「弥助ー！　こっちこっち！」

声は上のほうからだった。顔を上げた弥助の目に、緑の粒のようなものが映った。

あれだ。

勢いよく上昇し、若藻のもとにたどり着いた。

よかった。無事でいてくれた。

両腕がひれとなっていなかったら、その場で抱きしめていただろう。だが、それはできなかったので、怖い顔をして叱りつけた。

「馬鹿！　離れるなって言っただろ！」

「ごめんなさい。でも、なんだかいい匂いがして……」

「いい匂い？」

「うん。母様の涙みたいな、おいしそうな匂い」

弥助の髪を放した珊瑚と銀水も、しきりに鼻をうごめかしていた。

「ほんとだ。いい匂い！」

「おいしそう！　なにかしら？」

「あれじゃない？　あっちから匂いがするもの！」

「行ってみようよ、珊瑚！」

「あ、こら！　待て！」

「弥助も早く来て！」

「だめだって！　こら！」

弥助は怒鳴ったが、三匹の人魚は言うことを聞かなかった。弥助には嗅ぎ取れない匂いとやらに酔いしれ、すっかり興奮しているようだ。しゅんしゅんと、まるで鳥のように上へ上へと泳いでいく。

必死で追いかけるうちに、弥助は上に何かがあるのに気づいた。黒い小さな塊が、水中を漂っている。だが、その塊にはぴんと張った糸がとりつけられている。

釣り糸だ！　黒い塊は餌だ！

そうわかったとたん、ぞわりとした。危険を知らせる鐘が、頭の中で鳴り響きだす。

弥助は死に物狂いで先回りし、なんとか人魚達を体で食い止めた。

「いじわるしないで、弥助！」

「あの黒いの、ほしい！　だってすごくいい匂いなんだもの！」

「ねえ、お願い。お願いだから、あれ、ちょうだい！」

騒ぐ人魚達を一喝しようとした時だ。しゅるっと、弥助は自分の体に何かがからみつくのを感じた。髪の毛よりも細い糸だ。それは一瞬にして何重にも弥助に巻きつき、動きを奪った。

ぎょっとして目を見張るのと、体を上へと引っぱられるのとは同時であった。

「や、弥助！」

「どこ行くの！」

我に返ったかのように青ざめおびえる人魚達に、弥助は身動きが取れぬまま、必死で言った。

「おまえ達は追いかけてくるな！　このまま岩屋の中に戻って、じっとしてるんだ！　綾波御前が戻るまで、絶対外に出るな！」

「や、弥助は？」

「俺のことは心配しなくていいから！　いいから、言われたとおりにするんだ！　早く行けってば！」

怒鳴りつけた時、ざばっと、弥助は海から引き上げられた。

外の空気はあいかわらず熱気に満ちていた。息をすると、たちまち肺が焼けてくる。肌もただれて、ずるりとはがれてしまいそうだ。

苦しみのたうつ弥助の耳に、静かな声が聞こえてきた。

「間違いなく人魚だ。よくやってくれた、水蜘蛛《みずぐも》」

「ふん。苦労させられたぜ。だが、これで借りは返したってこった。じゃ、あっしはもう行くぜ。もう釣り針に腰掛けて、海に潜らされるのはごめんだからな」

「ああ」

二つの気配のうちの一つが、すっと消えるのがわかった。だが、残った誰かは弥助に近づき、かがみこんできた。

「男の人魚か。……すまないが、少しだけ肉をそぎ落とさせてくれ。誓って殺しはしない。

ほんの少しでいいんだよ。それで、私の養い子を助けられる」

この声。この口調。なによりこの気配。

弥助は首がねじ切れそうになるのもかまわず、無理矢理後ろを向いた。

「千にい？」

一瞬の沈黙のあと、絶叫がはじけた。

「弥助⁉」

やっぱり千にいだったかと、驚きと納得を覚えながら、弥助は気を失った。

翌日、千弥と共に弥助は太鼓《たいこ》長屋へと戻った。

珊瑚達は無事に綾波御前に返しており、もちろん弥助ももう人魚の姿ではなくなっている。魚心丹の効力は、真水を飲むことによって消えるのだ。

だが、こうして人に戻り、自分達の住まいに戻っても、弥助の怒りはまったくおさまらなかった。

しょんぼりとうなだれている千弥を床に座らせ、思いきり怒鳴りつけた。

「あきれたよ！　何やってんだよ！　まさか綾波御前の言ってたうろんな不届き者ってのが、千にいだったなんて！　それじゃ、このところ毎晩夜釣りに出かけていたのも、全部人魚を狙ってのことだったんだな？　どうしてだよ！　どうしてなんだよ！」

「や、弥助……」

弱々しく千弥は声をあげた。

「悪かったよ。だまして、本当に悪かった」

「俺が怒ってるのはそこじゃない。わからないの？」

「も、もちろん、わかっているとも。……そうだよ。私はずっと、人魚を釣り上げようとしていたんだ。人魚の肉を食べれば、人は病気をしなくなり、しかも長生きできるようになる。そ、それをひとかけらでも弥助に食べさせられたらと思ったから……」

しかたないじゃないかと、千弥は言い訳した。

「だって、怖いんだよ。弥助はこんなにも弱くてはかないんだもの。おまえがせきを一つするだけで、私はびくりとするんだ。熱を出そうものなら、それこそ心配でたまらなくなる。死んだらどうしようって。そういう気持ちを少しでも和らげたくて、なにより弥助にこれ以上病気をしてもらいたくなくて、それで人魚の肉を……」

ぽたん。

雫《しずく》がしたたる音が、千弥の言葉を遮った。

千弥ははっとした。

「や、弥助？　まさか、な、泣いているのかい？」

「ああ、そうだよ」

ぼたぼたと涙をあふれさせながら、弥助はうなずいた。

「千にい。いくら俺が大事だからって、それは一番やっちゃいけないことだろ？　俺のためだからって、他の妖怪を傷つけるなんて。俺は……俺は情けないよ。そんなこと、千にいにやらせちまうのが全部俺のせいなんだと思うと、もうどうしたらいいかわからなくなるよ」

弥助の涙に、千弥は雷に打たれたように身をこわばらせた。怒りをぶつけられるより、怒鳴りつけられるより、弥助に泣かれるほうが千倍もこたえたのだ。

がばりと、千弥は床に這いつくばった。

「すまない、弥助！　もうしない！　もう絶対にしないと誓うから！　だから許しておくれ！　泣かないで。泣かないでおくれ！　頼む！　頼むから！」

秋の爽《さわ》やかな朝、涙に濡れた叫びが響き渡った。

四

人魚の一件から数日間、千弥はたいそうびくびくしていた。弥助に泣かれたのがよほどこたえたのか、いつもの何倍も弥助の機嫌を取ろうとしてくる。

だが、弥助はそれらを無視していた。

今回ばかりはそう簡単に許すつもりはなかった。もし、釣り上げられたのが珊瑚や若藻といった子人魚達であったら？　千弥は躊躇《ちゅうちょ》なく、小さな彼らの尾の先を、ちょんと切り落としていたはずだ。そうなっていたら、弥助は綾波御前に顔向けできないところだった。

いや、他の妖怪達にもだ。

あんなことは二度と起こさせてはいけない。思いつくことさえ罪深いのだということを、千弥にわかってもらわなくては。

だから、頑なに千弥を無視し、まだ怒っているんだぞということを伝え続けた。

そんな、弥助のそっけなさがつらかったのか、千弥は今日はふらりと外へ出かけていってしまった。

そうなると、とたん弥助は不安になる。そんなことはありえないとわかっていても、「もう戻ってこなかったらどうしよう？」と思ってしまうのだ。

「ちょっとやりすぎたかなぁ。……もう懲《こ》りたと思うし、そろそろ許してやったほうがいいだろうなぁ」

許しと仲直りの気持ちをこめて、その夜の夕餉《ゆうげ》は千弥の好物である湯豆腐の鍋にすることにした。豆腐だけでなく、大きな鱈の切り身も入れた。米もふっくら炊きあげ、酒も用意して、あとは千弥が帰ってくるだけだ。

戻ってきた時の千弥の顔を思い浮かべながら、弥助はそわそわと待った。

夕暮れ時、千弥は戻ってきた。なんと、子供を一人連れて……。

飛び出さんばかりの目をしている弥助に、「この子の名はとよだよ」と、千弥はやたら上機嫌に言った。

「今日からうちの子だ。面倒を見てやっておくれ、弥助」

「へっ？」

弥助は改めて子供を見た。

子供は五歳くらいに見えた。女の子で、髪は肩のところで切りそろえ、子犬のようにつぶらな目をしている。血色はよく、着ている黒と橙色《だいだい》の市松柄の着物もなかなか仕立てがいい。

どう見ても、捨て子ではない。どこかの家で大切に育てられている子供だ。まさか弥助を喜ばせようと、通りすがりの子をさらってきたのではあるまいか。

一瞬、そんな考えが頭をよぎる。

真っ青な顔をしながら、弥助は千弥に詰めよった。

「ちょっと、せ、千にい！　この子、どこから連れて来たんだよ！」

「拾ったんだよ」

「拾ったって、こ、こんなこぎれいな子が落ちてるわけないだろ？　ま、まさか……かどわかしたんじゃ……」

「馬鹿をお言いでないよ」

千弥はほがらかに笑った。

「家がないというから連れて来た。今日からうちにいてもらう。まさか弥助、こんないたいけな子を追い出すなんて、そんな薄情なことは言わないだろうね？」

千弥が相手では埒があかないと、弥助は子供と向かい合った。身をかがめ、目と目を合わせる。

「やあ、俺は弥助っていうんだ。おまえは、とよ、っていうんだね?」

子供はこくりとうなずいた。おびえた様子はまったくない。

「ほんとに家がないのかい? おとっつぁんやおっかさんは?」

「いない」

「親戚とかは? 一緒にいたいと思う人は?」

「いない」

「……念のため聞くけど、あそこのきれいな兄さんに、無理矢理引っぱられてここに来た、ってわけじゃないんだな?」

「違うよ。おいでと言われたから。ついていきたいと思ったから、ついてきたの」

「そっか……」

とりあえずかどわかしではないようだと、弥助は胸をなで下ろした。

とはいえ、やはり捜している者がいるかもしれない。弥助は千弥を振り返った。

「この子、番屋にでも届けたほうがいいんじゃない?」

「とんでもない。そんなもったいないこと、できるものかね」

「もったいない?」

「とにかく、だめだよ。この子はうちの子にするんだ。弥助の妹にするんだ」

頑固に千弥は言いはる。ここは譲るつもりはないようだ。自分以外の者にこれほどの執着を見せるとはと、弥助はびっくりした。だが、ここで引くわけにもいかない。声をひそめてささやいた。

「だけど、うちには妖怪達が来るんだよ？　この子、びっくりしちまうよ。ここから逃げ出して、妖怪のことを外で言いふらすかも。そうなったら大事になっちまう」

「平気だよ。子供の戯言《ざれごと》だと、誰も本気にはしないさ。それに、この子は度胸がある。妖怪達にもびくともしないよ」

「……知り合ったばかりなんだろ？　なんで、そんなことわかるんだよ？」

「わかるのさ、私にはね」

にこっと千弥は笑った。

「そんなことより、ごはんにしよう。この匂いは……湯豆腐だね？　嬉しいねぇ。寒さも増してきたことだし、ちょうど食べたいと思っていたんだよ。さ、とよ。手を洗おうね。そしたら、夕餉にしよう。湯豆腐だよ。とよは好きかい？　弥助の湯豆腐はほんとにおいしいんだよ」

千弥はとよに話しかけながら、手を洗わせた。そのあとも、せっせと湯豆腐をとりわけてやり、熱いからと息を吹きかけて冷ましたものを食べさせてやる。

かいがいしくとよの世話を焼く姿に、弥助は目を白黒させた。

基本、千弥は弥助以外の者にはとんと興味がない。やってくる子妖達にも冷淡なほどそっけなく、「弥助に迷惑かけるんじゃないよ」と叱りつけるくらいだ。

それがどうだ。笑みを絶やさず、夕餉のあとにはお手玉遊びなどに付き合いだした。どういう風の吹き回しだと、弥助は薄気味悪さすら感じた。

一時の気の迷いなのか？

いや、これはもしかしたら、いつまでも怒っている弥助への当てつけなのかもしれない。他の子に優しくして、弥助に妬かせる作戦なのかもしれない。

大変大人げない真似だが、千弥ならやりかねないと、弥助は思った。

どちらにしても、もう少し様子を見るしかない。もしかしたら、誰かがとよを迎えに来ることもありえるのだから。

ともかくということで、その夜は三人で川の字になって寝た。

翌日になっても、千弥はとよをかわいがり続けた。何かと世話を焼き、そばから離れず遊んでやる。

とよはおとなしい子で、お手玉や紙人形などで飽きずによく遊ぶ。でも、そうする間も、目はくるくるとよく動き、朝餉《あさげ》の支度をする弥助を品定めするような視線を送ってくるのだ。

どこかが、何かが、子供らしくない。

奇妙な違和感を覚えながら、弥助は卵粥《たまごがゆ》を作ってやった。とよは「おいしい」と目を細めて食べた。

「……弥助、働き者だね」

小さな声でささやくとよに、千弥がすぐさま答えた。

「そうなんだよ。弥助はよく働く、それはそれはいい子なんだよ。優しいし、男気もあるし、申し分ない子なんだ。この世のどんな宝よりも光り輝くような子なんだよ」

「ちょっ！　千にい！　やめてくれよぉ」

大盤《おおばん》振る舞《ま》いで褒めちぎられ、弥助は耳まで赤くなった。

「なんでだい？　本当のことじゃないか？」

「お、俺のことはもういいから！」

「そんな照れなくたっていいのに。でも、そこがまた謙虚でいいところなんだよ。ね、とよにも弥助のよさがわかるだろう？」

「千にい！」

「あ、そうだ。弥助、あとでお菓子を買ってきておくれ。飴でもかりんとうでも、なんでもいい。とよに食べさせてあげたいんだよ」

「……わかった。今行ってくる」

これ以上千弥の言葉を聞いていられないと、弥助は外に飛び出していった。とはいえ、まだ朝の早い時刻。菓子屋が開くのも、飴売りがやってくるのも、まだ先だ。

さて、どうするかと思っていると……。

「あれぇ？　弥助じゃないか」

この声は！

振り向いた瞬間、弥助はうめいていた。

「げっ！」

「げっ、たぁなんだい！　ひさしぶりに会ったってのに！　おまえ、ほんと礼儀を知らないねぇ！」

「おまえなんかに礼儀正しくできるか、久蔵！」

そう。弥助の天敵、大家の息子の久蔵がそこにいた。夏に双子《ふたご》の娘が生まれてからというもの、昼も夜も娘達を離さないという親馬鹿と化した男なのだが。

今日は赤子達のかわりに風呂敷包みを抱えている。

「なんだよ。今日は一人かい？……ついに赤ん坊の面倒を見るのに飽きて、元の放蕩者《ほうとうもの》に戻るつもりとか？」

弥助の言葉に、馬鹿言えと、久蔵は目を剝いてきた。

「あんなかわいいお姫さん達に飽きるわけないだろ？　乳をほしがって泣く声も、うくうくと一生懸命飲む姿も、かわいくってさぁ。……なんで父親ってのは乳が出せないんだろうなぁ？　初音ばっかり乳をやれてさぁ。ちょっとずるいと思わないか？」

「………………」

本気で言っているところが恐ろしく、弥助は思わずあとずさりした。

「……それで？　なんだってこんなところを、こんな朝早くにうろついてるんだよ？」

「昨日、お袋が倒れたって知らせが来てね。大慌てで実家に駆けつけてみたら、なんのこたぁない。足を滑らして、腰を打っただけだったのさ。でもまあ、顔を出したら、なんだかんだ、一晩引き止められちまってね。ようやく解放されて、これからお姫さん達のところに戻るところさ。そうだ。あとで千さんにさ、お袋のところに行って、腰を見てやってくれと言ってくれないか？」

「……わかった。おまえのためじゃなくて、おまえのお袋さんのために伝えてやる」

「ほんと小憎らしいがきだねぇ」

あきれたように言ったあと、久蔵は急に剣呑な目つきとなって、弥助を睨みつけた。

「……おまえ、俺のお姫さん達に絶対に近づくなよ？　おまえのへそ曲がりが移ったら、ことだ」

「まだ赤ん坊なんだし、そんなものが移ったりするもんか」

「うるせぇ！　こと俺の娘達に関することには、おまえは黙ってうなずいてりゃいいんだよ！」

「……久蔵はほんと面倒くさいやつになったなぁ」

「ふふん。これが親になるってことさ。いずれおまえにもわかるよ。あ、そうだ、弥助。おまえ、菓子食わない？」

「えっ？」

「親に押しつけられたんだよ。でも、俺も初音も、こういう菓子はあまり好きじゃなくてね。もらってくれると助かる」

そう言って、久蔵は持っていた風呂敷包みから小ぶりの菓子折を取りだし、弥助の手に押しつけた。

嬉しくなかったわけではないのだが、なにしろ久蔵に礼を言うことに慣れていない弥助だ。まず文句を言った。

「……自分が嫌いな物、人に押しつけるなよ」

「いちいち文句を言うんじゃないよ。おまえ、甘いの好きだろう? それとも、いらないってのかい?」

「……いる」

「そうだよ。最初から素直に受け取りゃいいんだよ。で? 誰かから物をもらった時は、なんて言うんだ?」

「……ありがとな」

なんとか礼をつぶやく弥助に、久蔵は勝ち誇ったようににやりとした。

「それでいい。じゃ、俺は帰るよ。早いとこ、お姫さん達に会わないと。一晩家を空けるなんて、初めてだ。……ん? 銀音《ぎんね》が泣いてる気がする。ぎ、銀音! おとっつぁんが今行くからねぇ!」

一人で騒いで、大声をあげて、久蔵は裾をまくりあげて駆け去った。

その騒々しさにあきれはてながらも、弥助はほっと息をついた。なにはともあれ天敵は去った。それに、思いがけず菓子まで手に入った。もう菓子屋に行くこともあるまい。

もらった菓子折を手に、弥助は太鼓《たいこ》長屋に戻った。

千弥ととよはままごと遊びをしていた。

「あい、どうぞ」

「うん。ありがとう。ああ、うまい。とよは本当に料理上手だねぇ」

差し出された空のお椀をすすり、しきりに褒める千弥の姿に、弥助はなにやらげっそりした。

「……ただいま」

「おや、お帰り、弥助。ずいぶん早かったねぇ。うまく飴売りでも捕まえられたのかい?」

「久蔵に会ってさ、菓子もらったんだ」

「久蔵さんに?」

「うん。運がいいのか悪いのか。まあ、菓子をもらえたんだから、いいのかな。ほら、とよ。菓子だぞ。なんだか高そうなやつだし、きっとうまいぞ。食べるか?」

「食べる」

「よしよし」

きれいな菓子箱を開けてみたところ、中身は小麦色の落雁《らくがん》だった。丸の中にすすきの柄が浮かんでいて、いかにも秋めいていて、品がいい。使っている砂糖もきめ細かく、ずいぶんと上等そうだ。

くんと、千弥が軽く鼻をうごめかせた。

「ほう。ずいぶんいい砂糖を使っているようだね。ああ、私はいらないよ。弥助ととよで分けて食べなさい」

「わかった。そら、とよ。食べな」

「あい。いただきます」

まずはとよに一つ渡し、続いて弥助も一つ、口の中に入れた。

ほろりと、落雁は優しく舌の上でとろけた。上品な甘さがしっとりと広がっていき、食べた者の心をほころばす。

「おいしい」

「うん。うまい」

とよとうなずき合ったあと、もう一つ落雁に手を伸ばしながら、弥助はため息をついた。

「こんなうまいものがあんまり好きじゃないなんてなぁ。久蔵も初音姫もどれだけ舌が肥えてるんだか」

「……菓子をくれたのは、嫌いなものだったからじゃないかもしれないよ」

「何？　何か言った、千にい？」

「いや、なんでもない。それよりもっとお食べ。ほら、とよも。遠慮してないで、どんど

ん お食べ」
不思議な笑みを浮かべながら、千弥はさらに菓子を勧めた。

それから五日ほど経った。

とよは弥助達のもとに留まり続けており、あいかわらず千弥はまめまめしく面倒を見続けている。

弥助はそれとなくとよの素性を聞き出そうとしたのだが、とよという名前と、前は大きな家に住んでいたこと、家は油問屋を営んでいたことしかわからなかった。

しかたなく、ちょっと近所に聞きこんでみたが、「大きな油問屋から四、五歳の娘が消えた」という噂はまったくない。

とよはどこから来たのか。どうして誰も捜している人がいないのか。

弥助にはそれが不思議でならなかった。

だが、千弥は涼しい顔をしていた。

「いいじゃないか。こんなかわいい子がうちに来てくれたんだから。前の家のことなんか、どうでもいいよ。さ、とよ。散歩に行こう。そうだ。帰りにおもちゃを買ってあげようね。どれでも好きなやつを買ってあげるからね」

とよを連れて出かけようとする千弥に、弥助は慌てて声をかけた。

「さっき、近所の利松《としまつ》さんに団子をもらったんだ。だから、おやつは外で食べてこないでくれよ」

「おや、またもらったのかい？　この頃多いねぇ」

千弥が嬉しげに笑った。

そうなのだ。最近、ちょくちょくといいことが起きていた。

余ったから。

一人では食べきれないから。

そんな理由で、野菜やおかずのおすそ分けがしょっちゅう来る。

千弥など、「死んだ亭主のもので悪いんだけど、もらってくれないかい？　ものは悪くないし、千弥さんなら背丈がぴったりだと思うんだよ」と、新しい着物までもらったほどだ。

買い物に出かけるたびに、なんだかんだとおまけをしてもらえるし、落ちていた小銭を拾うこともあった。

こんなことが立て続けに起きると、かえって不気味だ。いいことがこんなに何度も重なっては、今に悪いことがしわ寄せのごとく押し寄せてくるのではないだろうか？

そんな不安さえ弥助は覚えていた。

そんなある日のこと、千弥が急に「寺に行こう」と言いだした。

「近所の福満寺《ふくまんじ》にさ。三人で一緒に行こうじゃないか」

「福満寺？　今日は富くじの日だから、混んでるよ？」

「かまわないさ。じつは、私もその富くじを買ったんだよ」

嬉しそうに、千弥は懐《ふところ》から細い木札を取りだして見せた。

弥助はますます驚いた。

「富くじ買ったの？」

「そうだよ」

「……あんなのは当たらないものだって、前から言ってたじゃないか」

「でも、今回はなんだか当たる気がしてね。さあさあ、くじが始まってしまう。急いで行こうよ」

とよの手を握って、千弥は外へと出て行った。弥助は首をかしげながらも、そのあとを追った。

福満寺での富くじは規模も小さく、くじ代も安い。従って、当たりの額も小さい。一攫《いっかく》千金《せんきん》狙いではなく、庶民のささやかな楽しみといったところだ。

それでも、すでに人がわんさか集まっていた。屋台もあれこれ出ており、まるで祭りのようなにぎやかさだ。

とよが押しつぶされないよう、弥助は肩車してやった。さらに、はぐれないよう、千弥としっかりと手をつなぎあい、前へと進んだ。

ちょうど、前方に据えられた木箱から、白装束の男が重々しく当たり札を引き抜いたところだった。

「三十二！　三十二番でございまするぅ！」

おおおっと、いっせいにその場が揺れ動いた。集まった人々は、それぞれ自分の持っている札を確かめにかかり、ため息と苦笑いを作っていく。

弥助は千弥の持っている札をのぞきこんだ。

三十二。

「えっ？」

何度見直しても、そこに書かれている数字は変わらない。三十二。当たりくじだ。

「あ、当たった……」

あえぐ弥助に、千弥はしてやったりという顔をした。

「ふふふ。やっぱりね。そうじゃないかと思ったよ」

「思ったって……」

「さ、お金をもらいに行こう。早いとこ、この人ごみを抜けだしたいよ」

「あ、ま、待ってくれよ、千にい」

するすると前に進む千弥のあとに続こうとしたところで、「くす」という小さな笑い声を聞いた。肩車されているとよが笑ったのだ。

ふいに、弥助はわかった気がした。

とよだ。全ての幸運は、とよがうちに来てから始まっている。

思わず肩からおろし、弥助はとよのつぶらな目をじっとのぞきこんだ。

「とよ……おまえ、何者なんだ?」

くすくすっと、とよは笑った。

「つまり、とよは座敷童《ざしきわらし》ってことか」

長屋に戻り、弥助はとよと千弥と向き合った。

三人の間には、目にも鮮やかな山吹色の小判がある。

十両。

こんな大金を、弥助はこれまで拝んだことがない。稼げと言われても、何年もかかるのは間違いない。それがあっさり手に入ってしまったことが、逆に空恐ろしかった。

弥助はまじまじととよを見つめた。

まんじゅうを頬張るとよは、いたって無邪気な女童《めのわらわ》にしか見えない。だが、その正体は座敷童。一種の福神であり、住みついた家に福と財を招く存在だ。

だが、守護する家の者達が驕《おご》り高ぶり、堕落し、怠惰になれば、とたん、その家を見限ってしまう。そして座敷童に出て行かれた家は、まるで嘘のように落ちぶれ、滅びていく。

とよが千弥と出会ったのも、それまで居ついていた油問屋を見限り、次の家を探している時だったという。

「で、千にいはすぐに座敷童だと気づいて、うちに連れて来たと」

「そうだよ。だって、すてきなことじゃないか。座敷童がいてくれれば、きっといいことが起きる。現にこうして起きている」

「千にい……」

「いけないことは何一つしていないよ。弥助も私も驕ることはないだろうし、とよとはずっと一緒にいられるだろう。もし私に万一のことがあっても……」

千弥は口を閉ざしたが、弥助は千弥が何を言おうとしたのか、すばやく察した。

自分に万一のことがあっても、とよがいれば弥助は安泰だ。

そう言おうとしたに違いない。

ふいに弥助は、千弥の存在が透きとおって消えていってしまうような危うさを覚えた。この前からちょくちょく感じていた違和感や疑惑が、ここにきて、ぐっと大きくなった。

「……千にい。俺から離れていこうとしてる？」

「何を馬鹿な。どうしてそんなこと言うんだい？」

「なんとなくそんな感じがして……」

「馬鹿を言うものじゃない。私が弥助から離れたりするものか。離れろと言われたって、しがみつくからね」

笑い飛ばす千弥に、弥助はなんとか心の不安を打ち消した。

そうだ。もし何かが起こるとしたら、人間である自分のほうだ。千弥は、妖力のほとんどを失ったとはいえ、妖怪なのだ。きっと弥助よりも長く生きるだろう。少なくとも弥助が千弥を看取るようなことはあるまい。

大丈夫だ。大丈夫なのだ。

自分に言い聞かせる弥助に、千弥は上機嫌に言った。

「次はもっと大口の富くじを買おうね。そうだ。目黒の瀧泉寺《りゅうせんじ》のはどうだろう？　あれは天下御免の富くじで、当たりも大きい」

「千にい。ちょっと浅ましくない？」

「だって、人間の世界で生きていくにはお金が必要だろう？　なければ困るが、あって困ることはない。今のうちにたっぷり貯めておけば、今後の憂《うれ》いもなくなるというものさ」

あ、まただと、弥助は思った。

千弥はしきりに将来のことを気にしている。どうしてだろう？　なぜこんなにも気にかかるのだろう？

漠然とした不安がちりちりと心を焦がしていく。

ふと気づくと、弥助ととよだけが部屋に残っており、千弥は消えていた。

「あれ？　せ、千にいは？」

「さっき出て行った。女の人が呼びに来た。腰が痛い人がいるから見てほしいって」

「そ、そうか。按摩《あんま》の仕事も、最近多いな。……これも座敷童の力のおかげなのか？」

「ふふふ」

笑ったとよだったが、ふいに真顔となった。すると、不思議なほど幼さが消え、古老と呼びたくなるような威厳と雰囲気があふれだした。

座敷童、いや福神としての姿をさらけだしたとよは、ずばりと問うてきた。

「弥助はとよに出て行ってほしいのか？」

静かだが重い問いかけだった。言葉の一つ一つに、計り知れない重みがある。

弥助は震え、汗がにじみ出てきた。それでも必死で考え、なんとか自分の想いを言葉にしていった。

「とよがいたら……これからもこういうことが起きて、きっと毎日豪華な飯が食えるんだろうなと思うよ。ふかふかの布団で眠れて、冬も凍えることなんかないんだろうな。でも……そういうものは自分の力で手に入れるもんだと、俺は思うんだ」

与えられた物をほいほい受け取っていくだけでは、何かがだめになる気がする。なにより、与えられるのが当たり前になってしまうことが怖い。

だからと、弥助は息を吸いこんだ。

「とよのことを必要としている家がもっと他にあると思う。だから……本当に困っている人達のところに行ってくれないかい？」

とよは大きな黒々とした目で、じっと弥助を見返した。そして、にこりと微笑《ほほえ》んだのだ。

「わかった」

立ちあがったとよはすぐには去らず、弥助の頰に手を伸ばしてきた。とよの手は小さくて、ひんやりしていて、羽毛のように柔らかかった。

弥助の顔に愛しげに触れながら、とよはささやいてきた。

「とよは弥助と千弥の幸せを願ってる。とよの祈りは小さいけれど、少しでも弥助達の力になるように。……これからきっと、大変なことが起きるから」

「た、大変なこと？」

「そう。でも、弥助はきっと大丈夫。きっと……大変なことがあっても、いいこともあるから」

予言めいた言葉を残し、座敷童とよは太鼓長屋から去っていった。

一刻後、戻ってきた千弥は、とよが消えたことを知るなり、盛大に嘆いた。

「どうして行かせてしまったんだい？　私がせっかく連れて来たのに！　ああ、親の心子知らずという意味が、今ならわかる！　この言葉を考えた人間は本当に頭がいいよ。そのとおりだもの」

だが、千弥の嘆きも愚痴《ぐち》も、弥助の耳にはほとんど入ってこなかった。とよの言葉が頭の中で渦を巻いていたのだ。

これからきっと大変なことが起きる。

それは、いったいどんなことなのだろう？

ぞくりと、弥助の首筋の辺りに寒気が走った。

五

座敷童《ざしきわらし》のとよが去ってから二日後の夜のこと。

弥助はさりげなく千弥に切り出した。

「千にい。俺、あとでちょっと出かけてくるよ」

千弥はたちまち表情を曇らせた。

「夜にどこへ行くつもりだい？　だめだよ。危ない。用事があるなら、私が行くよ。じゃなきゃ、一緒に行く」

「平気だよ。行き先は宗鉄《そうてつ》さんのところだから。玉雪さんが来たら、送ってもらうつもりだし。危ないことなんてありゃしないよ」

だが、宗鉄と聞いて、千弥は一気に気色《けしき》ばんだ。化けいたちの宗鉄は、妖怪の間でも名高い医者なのだ。

「なんでまた、わざわざ宗鉄のところになんて行きたいんだい？　あっ！　ま、まさか熱でも出たのかい？　どこか痛いところでもあるのかい？　そうなのかい、弥助！」

「違う違う」

弥助は笑って、手をひらひらさせた。

「そうじゃないってば。ここもだいぶ子預かり屋として知られてきたみたいだからね。子妖達がいつ腹痛とかになっても大丈夫なように、宗鉄さんにいくらか薬を分けてもらってこようと思ってさ」

「それなら、なおのこと私も一緒に行くよ。あそこはなかなか油断ならないところだからね」

「油断ならない？」

「宗鉄の娘のみおだよ」

ぐっと、千弥は顔をひきしめた。

「何かというと、弥助にまとわりついてきて。気に入らないったらない。それなのに、宗鉄ときたら、みおを叱るどころか、弥助に嚙みついてくるんだから。うちの娘をたぶらかさないでくださいだって？　どうかしている！　あいつの目は私以上に節穴と見えるね。今度こそきっちり物申してやらなくちゃ」

「だから、千にいには留守番を頼みたいんだよ。千にいと一緒に行ったら、宗鉄先生との角突き合いになって、薬をもらいそこねそうだからね」

「むぅ……」

自分でも「そんなことはない」とは言えなかったのだろう。千弥は渋い顔をしながらも黙った。

やがて玉雪がやってきた。

「こんばんは、弥助さん。千弥さん」

「こんばんは、玉雪さん。来た早々で悪いんだけど、俺を宗鉄さんの家まで送ってくれない?」

「えっ! ど、どうしたんですか、弥助さん? お腹でも、あのぅ、痛いんですか?」

「……千にいといい玉雪さんといい、どうしてそう俺を病気にしたいかなぁ」

わけを話すと、玉雪は喜んで承知してくれた。そうして、弥助は玉雪の術のおかげで、一瞬で宗鉄の家へとたどり着いたのだ。

そこは奥深い山中で、枯れ葉と苔《こけ》と土の匂いが強く漂っていた。宗鉄の家の茅葺《かやぶ》きにも、色濃く苔が広がっており、ほとんど山と同化しているように見える。

「ありがと、玉雪さん。あとは俺一人でいいから」

「迎えはいつ頃に?」

「そうだね。一刻後くらいに来てくれると助かるかな」

「あいあい」

玉雪は何かを感じたのだろう。一緒に残るとは言わずに、すぐに姿を消した。

一人になった弥助は、家の戸を軽く叩いた。すぐさま「はーい」と返事があり、戸が開いた。

ひょこりと顔をのぞかせたのは、九歳ほどの娘であった。小作りな顔がなかなかかわいらしく、浅黒い肌にすばしっこそうな細い手足をしている。

宗鉄の一人娘みおである。父は化けいたち、母は人間という半妖《はんよう》だが、今は妖怪寄りの暮らしをしており、最近は父を手伝って、怪我した妖怪の手当てなども引き受けているという。

弥助を見るなり、みおはたちまち笑顔になった。

「弥助!」

「よう、みお! ひさしぶり」

飛びついてきたみおを、弥助は抱きあげてやった。

「お、少し重くなったな。大きくなってるってことだな」

「ふふ。そう? あたし、大きくなった?」

「うん。なんかしっかりした顔つきになった。聞いたよ。医者の見習いをやってるんだって？　この前うちに来た朱刻が、みおに手当てしてもらったって言ってたよ。世話になったって」

「ああ、朱刻さんね。……時津さんにやられた傷、もう治ったかなぁ？」

「見たところ、元気そうだったよ。宗鉄先生より、みお殿のほうがよほど優しく手当てしてくれると、言ってた。すごいじゃないか、みお。そのうち、宗鉄さんみたいに鍼《はり》も打てるようになるかもな」

「うん。そうなるつもり。でも、鍼は少し先になるかな。今はね、薬の本を読んで、作り方や効用を覚えているところなの」

「へえ。ほんとに偉いじゃないか」

　褒められ感心され、みおは嬉しそうに笑った。だが、ふいに真顔となって弥助を見た。

「弥助がうちに来てくれるなんて、初めてだね。……どうしたの？　何かあったの？　お腹でも痛い？」

「そうじゃなくて……今日は宗鉄さんに相談したいことがあるんだよ」

　弥助も真顔になった。

子妖達のために薬をもらいたいというのは、ただの建前。本当は、宗鉄に千弥のことを相談するために来たのだ。

「この頃、その……千にいがちょっとおかしくてね。なんて言うか、物忘れがひどい感じがするんだ。とんちんかんなことばかり言うし。でも、本人は平気だの一点張りでさ。絶対に医者にも行きたがらないんだ。……宗鉄さんなら、そういうのに効く治療法とか、知っているんじゃないかと思ってね」

「そうだったの」

うなずいたあと、みおは申し訳なさそうな顔をした。

「ごめんね、弥助。父様、今、いないの」

「いない？」

「うん。管狐《くだぎつね》が怪我したから来てくれって、迎えが来たの。それに、帰りに月夜公様のところに寄って、津弓の様子も見てくるって。だから、帰りは遅くなるかもしれないの」

「……もしかしたら、早めに帰ってくるかもしれないよな。悪いけど、待たせてもらえるかい？」

「もちろんいいよ。さ、入って入って」

招き入れられた家の中は、びっくりするほどきれいだった。床にもどこにもちり一つ落ちてはおらず、見習いたいものだと、弥助は感心した。

そして、様々な匂いがした。乾いた草や花のようなものから、甘酸っぱい果実のようなもの、渋いもの、泥のようなものもある。きっと薬となる材料の匂いだと、弥助は思った。

一方、みおは弥助が家に来たことが嬉しくてたまらないらしい。目をきらきらさせながら、すぐに茶と茶菓子を出してきた。

「他にも色々あるの。あ、弥助、水飴食べる？　柿もあるよ。甘くておいしいやつ」

「そんなもてなしてくれなくていいから。これで十分だよ」

弥助は笑いかけたが、内心ではかなりがっかりしていた。

まさか宗鉄が留守だとは。なんとか千弥をごまかして、家を抜けだしてきたというのに。今夜会えなかったらどうしよう？　次はどんな言い訳をして、宗鉄を訪ねればいいだろう？

そんな弥助の悶々《もんもん》とした気持ちに、勘の鋭いみおはすぐに気づいたようだ。ふと思い立ったように立ちあがり、ぱたぱたと駆けて行ってしまった。

と思ったら、すぐに戻ってきた。その両腕に、分厚い書物をたくさん抱えて。

「みお？　何を持ってきたんだ？」

「これね、父様が書いたものなの。色々と薬の作り方が書いてあるの。もしかしたら、物忘れに効く薬のことも、書いてあるかもと思って」

「みお……」

弥助は胸がいっぱいになった。みおの優しさが嬉しかった。

「ありがとな。じゃ、ちょっと読ませてもらうよ」

「うん」

だが、一枚目をめくったとたん、弥助は唸ってしまった。宗鉄の書いた書物には、難しい文字と言葉がびっしりと並んでいたのだ。弥助は早々に音をあげそうになった。じつは、ひらがなと簡単な漢字くらいしか読み書きできないのだ。

だが、みおは真剣な顔で読んでいく。

「みお、こんな難しいのが読めるのか?」

「読めない字もたくさんあるけど、なんとなくわかることもあるから」

「すごいなぁ。……俺もがんばらなくちゃな」

一文字ずつ目で追うようにしながら、弥助はゆっくりと読んでいった。だが、やはり書いてあることはほとんどわからない。「おねしょ」とか「ぎっくり」というのは読めたので、「これはきっとおねしょやぎっくり腰を治す方法が書いてあるんだな」と判断し、次の項目を読むようにした。

出された茶もすっかり冷めてしまい、弥助の頭が本当に痛くなりかけた時だ。隣にいたみおが小さく声をあげた。

「あっ！」

「どうした、みお？　何か見つけたのかい？」

「うん。これじゃないかな」

みおは開いた冊子のあるところを指差した。そこには弥助が読めない漢字があった。

「これ、『忘れる』を意味する字なの。つまり、ここに書いてあるのが、物忘れに効く薬の作り方だと思う」

「すげえ！　さすが宗鉄さん！　やっぱり知っていたんだ！」

弥助は思わず叫んでしまった。

これで千弥を治せる。

そう思うと、はりつめていたものが柔らかくとろけていく。座敷童のとよに、「大変なことが起きる」と言われて以来、薄気味悪さを感じていたが、それも安堵に変わっていく。あとはこの薬を宗鉄に調合してもらうだけだ。そう思うと、ますます宗鉄の帰りが待ち遠しかった。

そんな弥助をじっと見ていたみおは、ふいに小さく言った。

「ね……この薬、作ってあげようか？」

「えっ！　みお、で、できるのか？」

「うん。薬の作り方はずいぶん教えてもらってるから。ここに書いてあることも、全部は読めないけど、大体はわかるもの。煎じるとか砕くとか、調合に必要な字もほとんど覚えているし」

「じゃ、やってくれ」

弥助は少しも迷わなかった。宗鉄が今夜中に戻ってこなかったら、またここに来なくてはならない。そうなると、千弥をまたごまかすのも面倒だ。みおがせっかく申し出てくれたわけだし、ここは一つ、頼らせてもらおう。

なにより、少しでも早く薬を手に入れたいという気持ちがあった。

「わかった。じゃ、さっそく取りかかるね」

「ほんとありがとな。俺も手伝うよ。俺にできることがあったら、なんでも言いつけてくれ」

「うん。じゃ、一緒に来て。こっちよ」

弥助は屋根裏へと案内された。

そこには様々なものがあった。まず、見たこともないような草が種類ごとに束ねられ、梁にずらりと吊るされていた。棚には様々な壺が並べられ、隅のほうには大きな甕がいくつも置いてある。

そして、家の中に満ちていた匂いがここに来て一気に強まった。吸いこむと、少し鼻の奥が痛くなるほどだ。

「これ……もしかして、全部薬の材料なのかい？」

「そうよ。父様が集めたの。あたしも手伝ったのよ。薬になる木の皮をはがしたり、きのこを探したりね」

「へぇ、すごいな」

「じゃ、あたしがこれを読んでいくから、弥助は必要なものを取っていって。あたしの背が届かないやつをお願いね」

「おう。まかせとけ」

「ええと、まずは……」

本を片手に、みおはてきぱきと動きだした。あちこちの棚から何かをつかみ出しては、そばにあった小鉢の中へと入れていく。

「……それに、日干しの赤目魚《あかめうお》が二匹。ね、弥助。そこの棚の一番上、左から四番目の壺を取って」

「ほいきた」

弥助は言われたとおりに壺を取った。ふたを開けて中を見てみたところ、干からびた金魚のようなものが詰まっていた。どの魚も、手の平におさまるほどの大きさで、鱗《うろこ》は真っ黒だ。からからに干からびているにもかかわらず、目だけはぬれぬれとして、鬼灯《ほおずき》のように赤く光っている。

ちょっと不気味に思いながらも、弥助はみおに壺を差しだした。みおは魚を二匹つまみあげ、ざるの中に入れた。

「ありがと。これで材料は全部みたい。あとは調合するだけだから」

「ほんとにできるんだな?」

「できるってば」

むきになったように言うと、みおはさっさと屋根裏からおりていってしまった。弥助は慌ててそのあとを追った。

そうして、今度は一階の奥の部屋に入った。そこは宗鉄の部屋らしく、様々な器具が置いてあった。長い鍼がきれいに並べられ、大小様々なすり鉢や小槌《こづち》などもある。書物も多かった。

「へえ、医者の部屋って、なんかおもしろいなぁ」

弥助がきょろきょろ見回している間にも、みおは忙しく動いていた。手際よく必要な道具を手元に集め、火鉢に炭を足し、水を入れた大きな鉄瓶をその上へと置く。なかなか堂に入った動きだ。毎日宗鉄を手伝っているというのは本当のことらしいと、弥助はみおを頼もしく思った。

小槌で木の実のようなものを潰しだしたみおに、弥助は声をかけた。

「俺にも手伝えることってあるかい？」

「そうね。じゃ、湯が沸いたら、さっきの赤目魚をそこにある小皿に載せて、湯を振りかけてくれる？　湯で戻さないと、赤目魚は硬くて、使えないって書いてあったから」

「赤目魚って、この目が赤いやつだな？」

「そう。湯を使ったら、また新しいのを作っておいてくれる？　あとで煎じるのに使いたいの」

「わかった。それくらいなら俺にもできそうだ」

弥助は火鉢の前に座り、がんがんと炭を足していった。すぐに、ちりちりと、鉄瓶がいい音を立てだした。

「よし。このくらいかな」

手ぬぐいで鉄瓶の取っ手を持ち、弥助は干からびた二匹の魚にたっぷりと湯を回しかけた。じゅっと音がして、黒かった鱗が見る間にみずみずしい橙色《だいだい》へと変わりだした。潰れたようにぺったんこだった体も、ふっくらと盛りあがり、どんどん大きくなっていく。

「こりゃ皿からはみ出しちまいそうだな。もっと大きな器に入れないと。……それにしても、けっこう匂いがきついな」

湯をかけた時から、どくだみによく似た匂いがあふれだしたのだ。

閉口しながら、弥助は大きな器を探しにかかった。

と、みおが急に叫び声をあげた。

「弥助！　後ろ！」

「えっ？」

振り向き、弥助は絶句した。

赤々と目を燃やした大きな魚が二匹、ゆらゆらと宙に浮かびあがるところだった。

干からび、死んでいたはずの赤目魚。それが、今は生き返っていた。それだけではない。手の平に乗るほどの大きさだったのが、弥助と変わらないほどの大きさにふくれあがっている。

赤い目をぎょろつかせながら、魚どもはぱくぱくと口を動かした。口の中に鋭い歯が生えているのが、弥助にもはっきり見えた。

こいつらはまずい。

そう思った次の瞬間、魚どもが襲いかかってきた。ぱかりと口を開き、ひれをゆらめかせながら、突っこんでくる。動きはそれほど速くはなく、弥助はなんとか交わすことができた。だが、自分がいたところの床板がばきりとかじりとられるのを見て、胆が冷えた。恐ろしく顎の力が強いようだ。あれに噛まれたら、ひとたまりもない。

「みお！　に、逃げるぞ！」

弥助はみおの手を引っぱり、慌てて部屋を飛び出した。閉めた戸をぶち破り、赤目魚どもはあとをゆらゆらと追ってきた。

この家の中は逃げ回るには狭すぎる。外の山奥へ逃げこむしかない。

「みお、山に逃げるぞ！　でも、俺、夜目が利かないんだ！　案内はおまえに頼む！」

「う、うん！」

外に出たとたん、夜の闇が二人を包みこんだ。前が見えず、たちまち弥助の足取りが鈍った。と、今度はみおが弥助の手を引っぱりだした。

みおの手を握りしめながら、弥助は後ろを振り返った。漆黒《しっこく》の闇の中、赤い光が四つ見えた。ふわりふわりと、ちょうちんのように揺れながらも、まっすぐこちらについてくる。

決して逃さない。

そんな執念深さを感じ、心底ぞっとした。

一方、みおは走りながら、しきりにひとり言をつぶやいていた。

「どうして？　変だよ……間違ってない。赤目魚があんなふうに生き返るなんて……そんなこと書いてなかった。どうして？　どこ間違っちゃったの？」

「お、おい、みお？　大丈夫か？」

「変だよ。おかしい。あ、あたし、間違ってなんかいないはずなのに」

いつの間にか、みおは涙を流していた。なのに、顔は無表情で、「どうして？」と、それればかりを繰り返している。

弥助はやっと気づいた。これは一種の放心状態だ。恐れと、しくじってしまったことへの焦りで、みおの心は麻痺《まひ》してしまっているのだ。

このままではまずいことになると、いったん弥助は立ち止まり、みおをぎゅっと抱きしめた。

「みお、しっかりしろ。怖いよな。わかるよ。びっくりもしたよな。どうしてなんだって、思うよな。でも、それはあとでじっくり考えればいい。今は逃げなきゃだめだ。逃げることだけ考えるんだ」

「……弥助」

「そうだ。俺がそばにいるから。とりあえず、安全なところに逃げよう。どこかないか？

じゃなきゃ、誰か助けてくれそうな妖怪を知らないか？　あんな魚、一撃でやっつけて食っちまってくれるようなやつ、どこかにいないかい？」

「わ、わかんない」

ようやくみおはまともに弥助の目を見返してきた。

「この山に住んでいる妖怪は、あたし達だけなの。……でも、この先の滝の裏にある洞窟に隠れれば、まけるかも」

「滝の裏の洞窟か。よし、そこへ行こう」

案内を頼むと、弥助が言いかけた時だ。ふっと、どくだみのような匂いが鼻をついてきた。

あ、まずい。

弥助はとっさにみおと一緒に地に伏せた。ぶわっと、風が体の上を走っていくのがわかった。続いて、めりめりと、すさまじい音がした。

顔を上げれば、あの二匹の赤目魚が太い木の幹にかじりつき、びちびちと尾を揺らしているところだった。弥助とみおを襲おうとして、木に噛みついてしまったようだ。

やがて木はばっきりと二つに折れ、轟音《ごうおん》を立てながら横に倒れていった。

立ちあがる弥助達を、赤目魚達が振り返ってきた。目が赤い。地獄の煮えたぎる釜のように、ぐつぐつと燃えている。見ているだけで、魅入られて、体の動きが鈍くなってしまう。

必死で目をそらしながら、弥助はみおを庇《かば》い、足下にあった木の枝を拾った。正直、こんなものでは歯が立たないだろう。だが、振り回せば、少しはわずらわしいと思ってくれるかもしれない。

威嚇《いかく》のため、声も張り上げてみた。

「う、うらあああっ！　あああああっ！」

だが、弥助の声は山の中にか細く吸いこまれていくだけで、赤目魚どもがたじろいだ様子はまったくなかった。

ふわっと、一匹が前に出てきた。弥助は自分から打ちかかった。振り下ろした木の枝は、見事、赤目魚の脳天に当たった。

じん。

硬い痺《しび》れが手に響き、弥助は目を見張った。まるで大岩を殴りつけたかのような感触だ。

それでもくじけず、二度、三度と、枝を振り下ろしたが、赤目魚は何も感じていないようだ。

ついには、枝がばきりと折れてしまった。

「そ、そんな……」

「弥助！」

呆然とする弥助の後ろから、みおが悲鳴をあげた。

いつの間にか、もう一匹の赤目魚が移動していた。大きく旋回し、弥助の横から猛然と突進してきたのである。

避けられない。

弥助は思わず目をつぶった。

その時だ。

まるで怪鳥のごとく、黒い影がその場に落ちてきた。

影は目にも留まらぬ速さで動き、弥助に向かっていた赤目魚の横に張りついた。次の瞬間、その赤目魚の動きが止まった。赤い目が白く濁《にご》っていき、力なく地面へと落ちる。

それを見て、もう一匹の赤目魚は逃げようと思ったのか、くるりと身を翻《ひるがえ》した。だが、影はその背後へとすぐさま迫り、その赤目魚もたちまちのうちに地面に転がる羽目になった。

弥助はみおを庇いながら、必死で目をこらした。

よく見えないが、誰かが助けてくれたのは間違いない。だが、いったい、誰なんだ？

と、ふいに青い火の玉が一つ、二つと生じ、辺りをほんのりと照らし出した。その明かりの中に立っていたのは……。

「そ、宗鉄さん！」

化けいたちにして、妖怪医者である宗鉄がそこにいた。総髪を一つに束ね、白い装束をまとった姿は、いかにも医者らしい風体だ。だが、その体からはじわじわと青い焔《ほのお》が立ちのぼっており、普段穏やかな目も剣呑に吊り上がっている。

「これはどういうことですか？」

宗鉄が押し殺した声で言ったとたん、弥助の後ろにいるみおが小さく縮こまった。赤目魚に追われていた時とはまた違うおびえが、顔中に広がっていた。

家に弥助とみおを連れ帰った宗鉄は、事の次第を聞くと、激しく怒りだした。ことに怒っているのは、みおに対してだった。

「まったく、なんてことだろうね。みお、父様は何も教えなかったとでも言うのかい？散々言ったよね？　薬の調合は難しい。ちょっとでもわからないことがあったら、父様に聞いてからにしないとだめだと。一人でやるにはまだまだ早すぎると。それなのに、作ったこともない薬を、それも作り方の書も読み解けないのに調合しようとするなんて。おまえには本当にがっかりしたよ」

「ご、ごめんなさい。あ、あ、あたし……」

「いや、言い訳はいっさい聞かないよ。だいたい、赤目魚のことだってそうだ。いきなり湯をかけるのはだめなんだ。水からじっくり茹でていかないと、赤目魚は蘇生《そせい》してしまうんだよ。もともとが凶暴なやつだからね。目に入った獲物は執念深く追いつめ、食らおうとしてくる。こういうことがあるから、一人で調合するのはまだだめだと何度も言ったというのに、おまえは全然聞いていなかったってことじゃないか」

みおはついに泣きだしてしまった。その激しい号泣に、弥助のほうが耐えられなくなって、おずおずと口をはさんだ。

「怒らないでやってくれよ、宗鉄さん。みおのせいじゃないんだ。もともと、俺が頼んだからいけないんだ。みおは俺のためにやってくれただけなんだよ」

「お言葉ですが、弥助さん、調合できると言いだしたのはみおなのでしょう？　だとしたら、全部みおが悪いのです」

娘に甘い宗鉄にしては珍しく、険《けわ》しい態度を崩さない。

それにと、宗鉄はみおを睨みながら、先ほどまで薬作りに使われていた書を手に取った。

「そもそも、これは物忘れに効く薬じゃないよ」

「えっ？」

「それどころか、物事を忘れさせる薬だ。ひどく怖い目にあったものは、寝ても覚めても、その時のことを思い出してしまう。そうした記憶を薄れさせるための薬の作り方なんだよ、これは」

そんなと、みおはいっそう打ちひしがれた顔となり、そのままぱたりと突っ伏してしまった。

声を押し殺してすすり泣く娘に、宗鉄の顔がようやく少し和らいだ。

「まあ、これでわかったね？　自分ができないことに手を出すものじゃない。あれこれ挑戦するのはいいことだが、教えてくれる誰かがそばにいなければ、危険なこともあるんだよ。……二度とないように。わかったね？」

「う、うん。ごめん、なさい……」

「うん。この話はこれで終わりにしよう」

宗鉄の言葉に、弥助はほっと息をついた。まだ泣いているみおの頭を撫でてやりながら慰めた。

「な、宗鉄さんも許してくれたから。もう泣きやめって」

「や、弥助ぇ。ご、ごめ、んねぇ」

「謝るなよ。俺こそごめんな。無理言っちまったのは俺だもの。ほんとごめん」

「う、ううん。や、弥助は悪く、ないよぉ」

「ほらほら、もう泣くなって」

みおの涙をふいてやる弥助を、宗鉄はじっと見ていた。最初こそ「この野郎！ 娘に馴れ馴れしく触るな！」という顔をしていたのだが、次第にその表情は納得したような落ち着いたものへと変わっていった。

ふと思い出したように、宗鉄は口を開いた。

「それにしても、弥助さん、お礼がまだでしたね」

「お礼？」

「みおをずっと庇ってくれたでしょう？ 赤目魚からも守ってくれた。弥助さんがいなかったら、みおはやられていたかもしれません。……弥助さんになら、まあ、みおを託してもいいかな」

「へ？ あの、な、何言ってるの？」

「とはいえ、みおが大人になるのはまだまだ先です。それまでは私のそばからは離しませんから」

「あの……言っている意味がわかんないんだけど……」

「しかし、そうなると、問題は千弥様ですね。意地の悪い舅のごとく、みおをいじめそうだ。もしそんなことになったら……鍼を二百ほど打ちこんで、動けなくさせて……」

物騒なことをつぶやきだした宗鉄に、弥助は冗談抜きに慌てた。

「そうだ！　そ、そんなことよりさ、俺、宗鉄さんに相談したいことがあったんだよ！」

「相談？」

「そう。千にいのことなんだ」

弥助は改めて、千弥のことを話した。

「ふむ。物忘れですか」

「そうなんだ。ここにきて急にひどくなったんだよ。まだ呆けるような歳じゃないし……そもそも妖怪の千にいに呆けがあるとは思えないし。だから、余計に不安でさ。……なんか薬とか出してもらえない？　治療法とかない？」

すがるように言う弥助に、宗鉄は首を横に振った。

「残念ながら、ありませんね。少なくとも、私は知りません」

「……そっか」

弥助はうなだれた。期待していた分だけ、落胆は大きかった。

そんな弥助に、宗鉄は優しく言った。

「千弥様の物忘れは、些細《さい》なことなのかもしれませんよ。最近目まぐるしく色々なことがあったでしょう？　そうした思い出が、過去のさりげない出来事を押しやっているのかも。だとしたら、薬などを頼るより、もっといい方法があります」

「な、何？」

「昔よく食べたものの味、よく嗅いだ香りなどを千弥様に味わっていただくのです。味や匂いというものは、記憶と密接に結びついていますから、記憶を呼び起こすきっかけになると思いますよ」

「な、なるほど。……やってみるよ」

弥助はうなずいた。霊験あらたかな薬などがないのは残念だが、宗鉄に相談したことで、気が楽になった。言われたことをとにかくやってみよう。

まずは何を試そうかと考えていると、戸が叩かれた。玉雪が迎えに来てくれたのだ。

宗鉄とまだしょぼくれた顔をしているみおに礼を言い、弥助は玉雪と共に家の外に出た。とたん、体に冷気がまとわりついてきた。夜の山は冷えるなと、弥助はぶるりと身を震わせた。

だが、まだ冬の気配はない。あの身を切るような凍てつきも、鼻先が凍りつきそうな冷たさもない。暦の上では冬だが、今年は暖かく、秋が長引いているのだ。

まだまだ秋だなと思ったところで、弥助は思い出した。

秋。秋と言えば……。

「ねえ、玉雪さん」

「あい？　なんですか？」

「玉雪さんが前に連れて行ってくれた栗林に、また連れて行ってくれないかい？　今年はずっと暖かかったから、栗の実も大きくなるのが遅れて、今がちょうど落ちている頃だと思うんだ。たくさん拾って、栗おこわでもこしらえたいんだ。あれ、千にいが好きだからさ」

「それはいいですねぇ」

玉雪はにこりと笑った。

「ちょうど、あたくしからも声をかけようと思っていたところなんですよ。今年も、あのう、実がごろごろできて、今がちょうど食べ頃のようですので。さっそく明日にでも行きますか？」

「うん。お願いするよ。あ、そうだ。津弓や梅吉、右京《うきょう》達やみおを誘ってもいいかな？」

「もちろんですよ」

「ありがとう。じゃ、ちょっと待って。みおを誘ってくるから。おおい、宗鉄さん。みお。

ちょっと開けてくれよ」
戸の前で元気よく声を張り上げる弥助を、玉雪は愛おしそうに見つめていた。

## 六

その夜、妖怪奉行にして大妖《たいよう》でもある月夜公は、惜しげもなく術を使い、屋敷の大座敷を菊の花で埋め尽くした。

白、黄、桃、臙脂《えんじ》色。

手に載るようなかわいらしい小花から、子供の顔ほどもある大輪まで、様々な種の菊がみっしりと集まった光景は、まさに圧巻であった。

さらに、その花の上を飛び回るよう、月光から紡ぎ出した蝶が放たれており、座敷はさながら極楽か夢の世界のような趣《おもむき》をかもしだしている。

「うむ。これならよいであろう」

自らの作り出した光景に、月夜公は満足の笑みを浮かべた。

背高く、白い髪を長く伸ばし、真紅の衣を好む月夜公。その顔は白く怜悧《れいり》に研ぎ澄まされており、三日月のごとく美しい。右側は半割りの赤い般若《はんにゃ》面で隠してしまっているが、その美貌は少しも損なわれることはない。むしろいっそう際立って見えるほどだ。

人の身丈ほども長く大きな三本の尾をうねらせ、月夜公は上座を確かめた。ちゃんとごちそうも用意できている。これで支度は万全だ。

「さて、津弓を呼んでまいるとするか。これを見たら、どのような顔をするか、楽しみじゃ」

そう。月夜公が菊見の宴を調えたのは他でもない、甥の津弓のためだった。

幼い甥のことを、月夜公は溺愛していた。何があっても守ると己に誓っており、そのために津弓を屋敷から出さないこともしばしばだ。

津弓はそれが気に入らず、時には泣くこともある。その涙に慌てふためき、急いでご機嫌取りを始めるのが、月夜公の常であった。

今夜もまたそうだった。

「かれこれ半月ほど屋敷の中にとどめておいたからのぅ。外であやかし風邪が流行っておるという言い訳を別のものに変えて、もう少し引き延ばせぬものか。しかし……どうしてああまで外で遊びたがるのやら。梅吉や左京《さきょう》や右京をこの屋敷に招いて遊ぶならまだしも、ひっきりなしに出歩かれたのでは、心配で奉行の役目もままならぬ」

この菊を見て、屋敷にいたほうが楽しいと思ってくれないものか。

そんな下心もこめ、月夜公は菊の間を作り上げたというわけだ。

さて、津弓はどんな顔をするだろう？　喜んでくれるだろうか？

わくわくしながら、月夜公は津弓を呼びに行った。

「津弓、吾《われ》じゃ。入るぞえ」

部屋に入ると、すぐに津弓が駆け寄ってきた。

津弓は月夜公とはまったく似ていない。すらっとした月夜公と違い、顔も体もころころぷくぷくとしており、まるで子犬のように愛くるしい。月夜公の尾は三本だが、津弓の尾は細いのが一本のみ。かわりに、頭には二本の角が生えている。

結ったみずらを鈴のように振りながら、津弓は月夜公に抱きついた。

「叔父上」

「おお、津弓」

月夜公はすぐさま津弓を抱きあげた。

「今日もよい子にしておったかえ？」

「はい。今日は本を読んでいました、叔父上」

「ほう。それはよい。賢い子じゃ」

「でも、飽きてきました。……ねえ、叔父上。いつになったら津弓は外に出られますか？

悪い病気はまだ流行っているのですか？」

「うむ。まだじゃ。猛威を振るっておる。じゃから、まだ出すわけにはいかぬ」

「……つまらない」

「そうがっかりした顔をするでない。そなたのために、今宵は特別美しいものを用意したのじゃ。さ、行こうぞ」

津弓を抱いたまま、月夜公は大座敷へと向かった。大座敷の前で津弓をおろし、優しく言った。

「さ、襖《ふすま》を開けてみよ。そなたの手で開けてほしいのじゃ」

「わかりました」

きょとんとした顔をしたものの、津弓は素直に襖を開け放った。

とたん、菊の香りがあふれた。

「こ、これは……」

見慣れた大座敷が、一面の菊畑に変わっているのを見て、津弓は飛び出さんばかりに目を見開いた。

「す、すごい！　これ、これ、叔父上が？」

「そうじゃ。吾が作った。そなたのためにの。どうじゃ？　気に入ったかえ？」

「もちろんです！　こんなきれいなものを作ってしまうなんて、さすが叔父上！　それに、なんていい匂い！」

「ふふふ。用意したのは花だけではないぞえ。そら、ごちそうもたんとある。津弓が好きなものばかり用意したのじゃ」

「わあ！」

「さ、今宵は吾とそなただけの宴じゃ。おおいに飲み食いしようぞ」

菊の間をぴょんぴょんと跳ね回ったあと、津弓は駆け戻ってきて月夜公に抱きついた。

「ありがとう、叔父上！　大好き！」

「おおおっ！」

その言葉こそ、月夜公がもっともほしかったものだった。

だが、月夜公が幸せの絶頂にいた、まさにその時であった。

無作法にも庭側の障子がばんと開かれ、男が一人、ずかずかと入ってきた。

月夜公に負けず劣らず美しい男だった。怜悧な月夜公とはひと味違う、匂い立つような艶めいたものがある面立ちだ。髪は一筋も残さず剃り上げているが、その白い坊主頭すら独特の色気をかもしだしている。目を閉じているのに、その双眸はしっかりと月夜公をとらえていた。

一方、至福の一時を邪魔され、月夜公はたちまち鬼の形相となった。

「うぬか！　なんの用じゃ！」

嚙みつくように怒鳴る月夜公と違い、津弓は乱入者にのんきに笑いかけた。

「千弥。ひさしぶりだね。あれ？　弥助は一緒じゃないの？」

「弥助ならうちにいる」

月夜公の怒りの波動にもびくともせず、千弥は涼しげに答えた。

「今日は昼間、栗拾いに行ったからね。今は拾ってきた栗をせっせと剝いて、甘く煮たりしているよ」

「栗拾い？　いいなぁ！　たくさん拾えたの？」

「ああ。どっさり拾って帰ってきたよ。なにしろ、烏天狗《からすてんぐ》の双子と梅吉、宗鉄の娘のみおも連れて行ったからね。津弓も誘ったそうだが、行かなかったのかい？」

「えっ？　し、知らない。津弓、栗拾いのこと聞いてない」

おろおろと首を振る津弓の横で、月夜公は必死で「余計なことを言うな！」という顔を作った。

栗拾いの誘いがあったことを津弓に告げなかったことが知れたら、また泣かれてしまう。せっかく「叔父上、大好き！」と言われたところだというのに。

すさまじい目で千弥を睨んだが、千弥はどこ吹く風である。だが、その美しい顔には何かを企んでいるかのような気配が漂っていた。

「ふうん。なら、知らせが行き違いになったのかもしれないね。……まだ梅吉達はうちにいる。弥助と一緒に栗の下ごしらえをしているよ。行ってみたらどうだい？　弥助は栗おこわを炊くと、はりきっていたしね」

「栗おこわ？　弥助が作るの？」

「ああ、みんなでこしらえるそうだ。きっとおいしいんじゃないかねぇ」

たちまち津弓の目が輝きだした。どんなごちそうよりも、弥助達がこしらえる栗おこわが食べたくなってしまったのだ。

ぱっと、津弓は叔父を見た。

「津弓、そっちに行きたい。ね、叔父上、行ってもいいですか？　ね、いいでしょ？」

「いや、それは……」

「だめ、ですか？」

みるみる津弓の顔が曇るのを見て、月夜公は慌てた。

「いや、だめとは言っておらぬ。ただな、その……そうじゃ。この料理のことじゃ。そなたに行かれてしまっては、この料理がかわいそうとは思わぬか？　吾一人では食べ切れぬぞえ」

月夜公の必死の言葉、そこにこめられた「行かれたら吾が寂しいのじゃ!」という心の叫びは、幼い津弓にはまったく伝わらなかった。

津弓はにっこり笑ったのだ。

「大丈夫。屋敷のもの達におすそ分けしてあげれば、みんなも喜びます。だから、お願い。行ってきていいでしょう?」

「う……うむ」

「ありがとうございます!」

叔父の絶望に気づくことなく、津弓はあとも振り返らずに座敷を飛び出していった。

みるみる座敷は暗くなった。光の蝶は床に落ち、菊も悲しげにうなだれ、高雅な香りも薄れていく。

そんな中、月夜公は殺気立った目を千弥に向けた。

「貴様……先日、吾から秘蔵の丸薬を奪っていった上に、今度は津弓まで吾から奪うか」

ぼんぼんっと、音を立てて菊の花が弾け、赤い炎となってめらめらと広がりだした。炎は蛇の舌のごとく、ちらちらと千弥の手足を舐め上げる。

だが、熱を感じた様子もなく、千弥はそのまま立っていた。

「やめておけ。私にそんな目くらましは効かない。力を失ったとはいえ、私は私だからな。そんなことより……」

「そんなこととはなんじゃ！　貴様！　吾と津弓を引き裂いておいて、さっさと自分の話を進めるつもりか！　どこまで図々しいのじゃ！　出て行け！　貴様の顔をこれ以上見ていたくはないわ！　出て行かぬなら、術で弾き出す！　吾がまことに術をかければ、貴様の五臓六腑《ごぞうろっぷ》が裂けるぞ！　それが嫌なら、さっさと行け！」

怒髪天《どはってん》を衝《つ》かんばかりの月夜公に対し、千弥の態度が初めて変わった。どこか頼りない、すがるような表情を浮かべたのだ。

「じつは少し困っているんだよ。相談できる相手といったら、おまえしか考えつかなかった。話を聞いてほしい。……雪耶《ゆきや》、頼む」

「ぬぅ……」

月夜公はぎりっと奥歯を嚙みしめた。千弥が「雪耶」と呼びかけてくる時は、ろくなことがないのだ。そして、それほどに切羽詰まっているということでもある。

心が揺れたものの、月夜公はついにうなずいた。

「話は聞いてやる。だが、そのあとはさっさと帰れ。よいな？」

「わかった」

しゅっと炎が消え失せ、元の畳敷きの座敷が現われた。そこに座って月夜公と真向かい合いながら、千弥はためらいがちに事情を打ち明けた。

「記憶が消えている、じゃと？」

「そうだ。もう、いつ弥助と出会ったのかが思い出せない。他にも色々と。毎日毎日、思い出が消えていっているんだよ。まるで穴の開いた袋から、豆がこぼれるように。ふさごうとしても、どうしてもだめだ。何をしてもこぼれ落ちていく。それが……怖い」

「怖いじゃと？　うぬが？」

あっけにとられる月夜公に、千弥はうなずいた。雪白の肌からは血の気が引いており、青く透きとおりそうな色と化していた。

「とても怖いよ。おかしなことだが、忘れたもののことはどうしても思い出せないのに、失ったということだけははっきりわかるんだよ。あ、また忘れた。また失った。そう感じるたびに、体に穴が開いていく気がする。それに……」

「それに？」

「……忘れるのは弥助との思い出だけなんだ。他の思い出は何もかも覚えているというのに、弥助と過ごした日々がどんどんぼやけていっている。こんなに苦しい恐ろしいことはない。手足をもぎ取られるほうがまだましだ！」

狂おしげに吐きだしたあと、千弥はぎゅうっと自分の手を握り合わせた。

「これはやはり……あの時のことが原因だろうか？」

「間違いなくそうであろうな」

あの時とは、弥助が殺されかけた時のことだ。

四月ほど前、一人の女妖《じょよう》が妖怪奉行所の氷牢から脱獄を果たした。月夜公に執着し、千弥を憎む女妖、紅珠《こうじゅ》。脱獄したとて、その妄執《もうしゅう》が消えるわけもなく、紅珠は邪悪な女郎蜘蛛《じょろうぐも》のごとく幾重にも策を張り巡らした。

全ては月夜公を手に入れるため。

自らの欲望を叶えることしか頭にない紅珠は、策略の一つとして、弥助の命を狙った。

そこに至って、千弥はついに決意した。弥助を守りきるため、今一度、大妖白嵐に戻ると。

うぶめの住まいとして差しだした自分の目玉、もはや二度と取り戻さぬと誓った力の源を、千弥はふたたび手に入れた。その甲斐《かい》あって、紅珠の魔手から弥助を救うことができたのだ。

だが、千弥が白嵐に戻ることは禁じられていた。決してやってはならぬことであり、誓い破りにはそれ相応の報いがある。

それがあやかしの理《ことわり》だ。

ああっと、千弥は苦しげに喉元に手をやった。

「……目玉を取り戻したのはほんの一時のことで、あのあとすぐにうぶめに返したというのに」

「そういう問題ではないと、うぬにもわかっておるはずじゃ。うぬは誓ったのじゃ。二度と、目玉は取り戻さぬと。我らあやかしにとって、誓いがどれほど重いものか、それを破ることがどれほど罪深いか、うぬとて知っておろう?」

「…………」

「代償は大きなものになる。その覚悟を、うぬはしていたはずじゃ」

「……ああ、覚悟はしていたさ。でもまさか……」

こんなに大きなものになるとは思わなかったと、千弥は力なくうなだれた。かすかに体が震えている。

その姿に、月夜公は言葉を失った。

これがかつての白嵐だろうか? かつて、自分の友であったあやかしだろうか? こんなにも弱々しく、こんなにも悲しげな姿を見る羽目になるとは……。

月夜公はやっとのことで声をしぼりだした。

「それで……うぬは何を求めて、吾のところに来たのじゃ？」

「……おまえの力で食い止めてはもらえないかと思って」

失ってしまった記憶は、誓い破りの代償としてあきらめる。だが、これ以上は失いたくない。

なんとかならないかとすがりついてくる千弥から、月夜公は顔を背けた。今ほど自分は無力だと感じたことはなかった。

「できぬ。それは……それだけは、吾の力をもってしても無理じゃ。いかなる術、いかなる力を用いようと、そなたの記憶は薄れ続けよう」

「……そうか」

千弥は一瞬泣きそうな顔をした。それを見てしまったことを、月夜公は後悔した。

「……このこと、弥助は知っておるのかえ？」

「とんでもない。言っていないよ。おまえも決して弥助に言わないと誓っておくれ」

「誓ってやってもよいが、いずれは知れることであろう？」

うっと、千弥がひるむのを見て、月夜公は図星かとうなずいた。

「弥助は気づき始めておるのじゃな？」

「……ああ。怪しみだしている。必死で白を切って、取り繕っているけれど、だんだんそれもうまくいかなくなっているから。でも私は……どうしてもこのことを弥助に言いたくないんだよ。本当のことを言ったら、優しいあの子のことだ、きっと自分を責める。それがなにより嫌なんだよ」

「……これからどうするつもりじゃ？」

「一度は……弥助のそばから離れようかとも考えたんだよ。私がいなくても、あの子が幸せに生きていける手を探したりしてね。でも……やっぱりだめだ。そばにいたい。未練がましいことだけど、あの子から離れたくない。離れたくないんだ！」

血が噴き出すような声であった。深い情にあふれているだけに、悲しく、寂しい。月夜公は胸をつかれ、しばらく言葉を失っていた。

だが、我に返ると、月夜公はふんと鼻を鳴らした。

「つまり心は決まっているわけじゃな？」

「……ああ」

「では、ことは簡単じゃ。このまま弥助のそばにおればよい」

思いがけない言葉に、千弥はぽかんとした顔をした。こんな間抜け面を拝む羽目になるとはと、月夜公は思わず吹き出しかけた。だが、それをこらえ、重々しく告げた。

「うぬは確かに失っていく。かつての思い出は、いずれ何一つ残らず消え失せるであろう。

じゃが、うぬのそばには弥助がおるではないか。弥助との毎日が、失っていくものの代わりとなろう。考えてもみよ。一つ失うかわりに、新しい思い出が二つも三つもできるのじゃぞ？　川の流れをせき止めることはできなくとも、川そのものがなくなることはないということじゃ。うぬと弥助の絆は消え去ることはない。失われたものを嘆くより、毎日得られる日々を尊び、喜べ」

「毎日、得られる日々……」

「そうじゃ。弥助のそばにいたい。それが一番の望みなのじゃろう？　だったら、何を悩むことがある？　他のことなど望むな。一つの願いを貫け」

「…………」

月夜公の言葉を、千弥は噛みしめるようにして聞いていた。と、その顔に笑みを浮かべたのだ。

花がほころぶような美しい笑みだった。

「そうだね。そのとおりだ」

「吹っ切れたか？」

「ああ。心は定まった。私は失い続けるが、毎日を大事にして生きていけば、頭の中が空になることはない。昔のことを未練がましく思い出そうとするのも、もうやめることにするよ」

晴れやかに笑ったあと、千弥はしみじみとした口調で言った。

「礼を言う。おまえと話せて気が楽になった。ありがとう、雪耶」

「その名で呼ぶな！　さあ、もういいであろう？　気がすんだなら、とっとと帰るがいい」

「そうさせてもらう」

するりと、千弥は座敷から出て行った。

だが、千弥が去ったあとも、月夜公はその場を動くことなく考えこんでいた。

千弥の落ちこんだ姿を見ているのがつらくて、思わず「一つの願いを貫け」などと偉そうに言い切ってみせたが……。

「はたして、そううまくいくであろうか？……全ての記憶が消えた時、あやつはそれでも養い子を愛しいと思えるであろうか？　弥助と自らの関係すら忘れたその時、弥助のそばにいたいと思えるであろうか？」

じわじわと、嫌な予感が胸に広がりだした。

## 七

太鼓《たいこ》長屋の弥助達の部屋では、黙々と栗おこわの下準備がなされていた。

大量に拾ってきた栗を、弥助は木槌《きづち》で叩いて、次々と割っていく。割った栗を受け取るのは、梅妖怪の梅吉、それに烏天狗《からすてんぐ》の双子《ふたご》、右京と左京だ。

青梅そっくりの梅吉は、身の丈一寸半ほどしかない。小さい見た目のとおり、力もたいしてないが、手先が器用で、剝きにくい栗の渋皮をつるりときれいに剝いてしまう。右京と左京は、梅吉のようにはいかないものの、まじめにまじめにやり遂げていく。

一方、土間の台所には玉雪がいた。昼間、兎《うさぎ》の姿で栗林に案内してくれた玉雪も、今は人の姿となり、鍋をかき混ぜている。こちらは栗の甘露煮《かんろに》をこしらえているのだ。

だが、みおの姿はない。一足先に、拾った栗の分け前を持って、帰っていったのだ。

「父様は焼き栗のほうが好きだから、早く帰って食べさせてあげたいの」と言って。

赤目魚《あかめうお》の騒ぎからまだ半日しか経っていないこともあり、今日のみおはまだなんとなく元気がなかった。だが、父親と二人で熱々の焼き栗を食べれば、きっと元通りになるだろうと、弥助は思っていた。

と、左京が声をかけてきた。

「弥助殿、栗はもうそのくらいでよろしいのでは？」

「お、そうか？　さすが左京。よく気がつくな。じゃ、俺は米の支度にかかるよ」

「弥助、今度はもう少し甘めがいいな」

「おお、まかせとけよ、梅吉」

じつは、栗おこわを作るのは、これで二度目。最初の栗おこわは、米一粒、栗のかけら一つ残すことなく、五人でたいらげてしまったのだ。それがあまりにおいしかったものだから、それぞれの家への土産にしようと、またせっせとこしらえ始めたのである。

津弓がやってきたのは、そんな時だった。

「こんばんはぁ！　弥助！　梅吉に左京と右京とみお！　いるぅ？」

「おっ、この声は津弓だな？　右京、開けてやってくれ」

「はい」

中に飛びこんできた津弓に、親友の梅吉がさっそく声をかけた。

「今頃やってきて、どうしたんだよ？　どうして栗拾いに来なかったんだよ？」

「だって、知らせが届かなかったんだもの。ついさっきまで、津弓、そのこと知らなかったの」

弥助と玉雪、津弓以外の子妖達はちらっとまなざしを交わし合った。

月夜公のしわざだな。

そうだね、きっと。

間違いないと思いまする。

右京もそう思いまする。

きっと、あのぅ、津弓様を外に出したくなかったんでしょう。

だが、結局津弓はこうして来てしまった。そうなると、一人残された月夜公がかわいそうだと思わぬでもない。

しきりに「栗拾い行きたかった」と嘆く津弓に、弥助はせきばらいをして言った。

「なあ、津弓。今、栗おこわを作ってるんだ。おこわができたら握り飯にしてやるから、それを月夜公に持って行ってやんな」

「そうでございまする。津弓君が握った握り飯と聞けば、月夜公様は大喜びなさいましょう」

「それがいいと、左京も思いまする」

「おいらも！　な、津弓。絶対そうなるから、持ってってやんなよ」

口々に言われ、素直な津弓はたちまちその気になった。

「うん！　津弓やる！　叔父上のために握り飯作るよ！」

「よし」

大家から借りてきた大きな土鍋を使い、米と刻んだ栗をたっぷり入れ、火にかけた。あとは火加減を見ながら待つだけだ。

と、ここで玉雪が「できましたよ」と、栗の甘露煮を持ってきてくれた。

「うまい！」

「おいしい！」

甘い甘い甘露煮は、食べるとほっこりと幸せな心地となる。一つ食べると、もう一つ食べたくなる。どんどんなくなっていくのを見て、玉雪の笑顔はこぼれんばかりだ。

と、ふうっと、津弓がため息をついたので、梅吉が首をかしげた。

「どうしたんだい？　ため息なんかついてさ」

「ううん。ただ、不思議だなぁって思って」

「不思議？」

うんと、津弓はうなずいた。

「津弓はいつもごちそうを食べてるの。お菓子も果物も、叔父上があちこちから取り寄せてくださったおいしいものばかりなの。でもね……こうして弥助やみんなと食べるおやつのほうが、何倍も何十倍もおいしく思える。それが不思議だなぁって思って」

「そりゃそうだよ。おまえ、たいていは飯もおやつも一人で部屋で食べてるんだろ？　だからさ。寂しいと、うまいものも半分のうまさになっちまう。逆に、みんなと一緒なら、炒り豆だってごちそうになるさ」

「そっか。そうかもしれないね。ああ。津弓、いつも弥助達とごはんを食べられたらいいのになぁ」

寂しげにうつむく津弓に、さりげなく弥助は言った。

「月夜公も同じこと思っていると、俺は思うな。ほんとはいつも、津弓と一緒に飯を食べたいんじゃないか？」

津弓ははっとした。今夜、叔父が菊の間とごちそうを用意してくれたことを思い出したのだ。あれは、津弓と共に楽しもうと思ったからではなかったか？

急に津弓はそわそわしだした。

「……津弓、おこわができたら、帰るね。おこわは叔父上と一緒に食べる」

「それがいいな」

みんなは優しく微笑《ほほえ》んだ。

それからほどなく、栗おこわが炊きあがった。鮮やかな山吹色の栗が、ごはんのそここで輝いている。まるで白い砂地にちりばめられた金塊のようだ。

熱々なのを我慢して、みんなでせっせと握っていった。

「あちっ！　熱いよぉ！」

「ほら、津弓。こうだ、こう。そんなぎゅっと持っているんじゃなくて、手の中で転がすんだよ。そうすりゃそんなに熱くないから。お、右京と左京はできてるな。うまいじゃないか。梅吉は……おまえ、よくばりすぎだろ？　そんなでかいの、どうやって握ったんだよ？」

「へへへ、すごいだろ？」

わいわいきゃあきゃあと、にぎやかに握り飯をこしらえる。手や顔についた米粒をぽつぽつとつまんで口に運ぶのが、これまた楽しい。

土鍋が空になる頃には、全員がすっかり満足していた。

弥助はできあがった握り飯を竹の子の皮に包んでやることにした。

「津弓、おまえはいくつ持って帰りたい？」

「んとねぇ、じゃあ、津弓が握ったこの二つと、あとこの大きいのを一つ」

「よしよし。右京と左京は？」

「我らは四ついただきとうございまする」

「わかった。梅吉は？」

「おいらは一つでいいよ。そのかわり、一番でかいやつにして」

「いいけど、おまえの体より大きいぞ？　持って帰れるのか？」

「平気平気」

そうして、握り飯の包みを大事に持って、まず津弓が帰っていった。一人で行かせるのは心配だからと、右京と左京も津弓と一緒に帰った。

だが、梅吉はすぐには帰ろうとせず、残りの握り飯を眺めた。まだまだ山のように皿に積み重なっている。

「残りは弥助と千弥さんと玉雪さんで分けるとして……それにしても多すぎるね。食いきれないんじゃないかい、弥助？」

「そうだな。近所におすそ分けでもするかな」

「あっ！　じゃあさ、初音姫のところに持って行ったら？」

きらきらと、梅吉は目をきらめかせた。

「赤ん坊が二人もいて、初音姫だって体が疲れてるはずだろ？　旦那やお乳母さんとか、世話を手伝ってくれてる人はいても、季節物の栗おこわなんて、自分でこしらえる元気も暇もないと思う。だから喜ぶと思うんだ」

「うーん。言われてみれば、確かにそうかもな。……でもなぁ、初音姫のところには久蔵もいるからなぁ」

「そりゃ亭主なんだから、いて当たり前だよ。なぁ、行こうよ。おすそ分け、届けに行こうぜ。おいら、まだあそこの双子をちゃんと見てないんだ。なにせ前に行った時は、旦那がしっかり抱っこしてて、おいらを近づかせてくれなくてさぁ」

「ははは。今でもそうだぞ。金玉ついているやつは、たとえ猫でも娘達に近づけたくないんだってさ。俺なんか、噛みつかれかけたくらいだもん」

「うわぁ、だめな男親の見本のようなやつだなぁ」

「まったくだ。けど……まあ、行ってみるか」

「そうこなくちゃ！」

玉雪も口をはさんできた。

「あたくしも、あのぅ、ご一緒いたします。久蔵さんと初音姫様にひさしぶりにご挨拶をしたいですし」

「いいよ。じゃ、みんなで行こう」

握り飯の包みを持ち、肩に梅吉を乗せ、弥助は玉雪と並んで夜道を歩きだした。

途中、ふと梅吉が声をあげた。

「そういや、千弥さん、戻ってこなかったね」

「そうだな。でもまあ……心配はないと思う。人魚の時のようなことはもうしないって約束したし」

「人魚？　なんだいそれ？」

「じつはさ……」

弥助は先日の一件を打ち明けた。

梅吉は目をまん丸にして聞き入り、やがてぼそりと言った。

「……千弥さんの親馬鹿も、ついにそこまで至っちまったかぁ。怖いなぁ」

「で、でも、もう大丈夫だ。二度としないって、約束してくれたんだからな」

思わずむきになる弥助に、梅吉はしばらく黙ったあと、ささやくように言った。

「というか、千弥さん、ちょっとおかしくないかい？」

ぎくりと、弥助は立ち止まった。横にいた玉雪もだ。

二人は少し青ざめながら、梅吉を見た。

「どういうことだよ？」

「うん……。この前、うちに千弥さんが来たんだ。梅干しがなくなったから、ほしいって。で、おばあがさっそく出してやったんだけどさ。……千弥さん、おいらのこと、じぃっと見て、おかしなことを言ったんだよ」

「おかしなこと？」

「うん。……梅吉はうちの弥助の世話になったことがあったっけねぇって」

「なっ……」

弥助は絶句してしまった。

世話になったことどころか、梅吉は弥助にとって特別な子だ。最初に預かった妖怪の子なのだ。梅吉から、弥助の子預かり屋は始まったと言っていい。そのことは千弥も知っているはずなのに。

呆然としている弥助に、梅吉は言いにくそうに言葉を続けた。

「忘れちまったにしても、ずいぶんひどい物忘れだと思ってさ。だから、ずっと気になってて。弥助に言っといたほうがいいんじゃないかと思って」

「……うん。ありがとな」

「弥助？　大丈夫かい？」

弥助はうなずくことができなかった。すがるように玉雪を見た。

けた。

「玉雪さん……」

玉雪はすぐに動いた。ふんわりと、弥助を抱きしめたのだ。

玉雪からはほのかに蓮華《れんげ》の花のような香りがした。春を思わせる香りに、弥助は少し泣

けた。

弥助を抱きしめたまま、玉雪は静かに言った。

「確かに、あのぅ、あたくしも最近の千弥さんはちょっとおかしいと、あのぅ、思います。物忘れもひんぱんですし。……でも、一番苦しんでいるのは、あのぅ、たぶん千弥さん自身だと思うのです。だから、弥助さんは、待つしかない」

「待つ？」

「あい。わけを聞いても、今の千弥さんは打ち明けてはくださらないでしょう。千弥さんが本当に助けを求めてきた時、あのぅ、弥助さんが手を差し伸べる。それでいいのではないでしょうか？」

玉雪の声にも言葉にも、春の日差しのような温かさがあふれていた。不安で冷えていた体がみるみる温められていくのを感じ、弥助はほっと息をついた。

「……そうだね。そのとおりだ。俺は、待つしかないんだ。いつでも助けられるよう、手を貸す心構えをしとけばいいんだ」

「そうです」

「うん。……ありがと、玉雪さん」

玉雪は微笑み、梅吉ももう何も言わなかった。

弥助達の訪問を、久蔵と初音はとても喜んでくれた。

「まあまあ、わざわざ栗おこわを届けに来てくれたの？　ありがとう」

「ああ、ほんとにありがたい。初音も俺も、今年はまだ栗を食っていなくてさ。ま、中に入れよ。茶でも淹れてやるからさ」

弥助達はその言葉に甘え、あがらせてもらった。

久蔵は玉雪には喜んで赤ん坊を抱かせてくれた。だが、弥助と梅吉にはそばに寄ることさえ許さなかった。

三歩以上離れていろと命じる久蔵に、梅吉は文句を言った。

「そりゃないよ！　おいら、また赤ん坊の顔も見られないのかい？　こんなに小さいおいらのどこが、そんなに危険だって思うのさ？」

「おまえ、男なんだろ？」

じろっと、久蔵は怖い目で梅吉を睨んだ。

「なら、だめだ。男という男は、絶対にこの子達に近づけさせないって、俺は決めているんだよ」

「じ、自分だって男じゃないか！」

「俺はいいの！　父親だもの。でも、おまえらはだめだ。だめと言ったらだめだからな」

息巻く久蔵を、ついに初音がたしなめた。

「そんなに頑なになることもないでしょう？　もう何百回と言ったけれど、この子達がお嫁に行くとしても、それはまだまだ先のことなんですから」

「嫁になんか絶対行かせない！　銀音も天音《あまね》も、ずっと俺のそばにいるの！」

「もう。みっともないことはおやめなさい」

初音はぴしりと言った。

「さあ、早く弥助さんと梅吉にうちの子達を見てもらって。早く」

「うっ……初音ぇ……」

「そんな情けない顔をしてもだめです。さっさとしなさい」

久蔵を叱りつける姿も堂に入っている初音に、弥助は思わず手を叩いた。

「強くなったもんだなぁ、初音姫。うん。立派なおかみさんって感じだ」

「この野郎……弥助、おまえ、俺が尻に敷かれるのを喜んでるね？」

「うん」

「俺をかわいそうだとは思わないのかい？」

「ぜーんぜん」

ともかく、初音の鶴の一声もあって、仏頂面《ぶっちょうづら》の久蔵を押しのけ、弥助と梅吉はようやく玉雪の抱く双子を見ることができた。

生まれてから二月半あまり。双子は、だいぶしっかりしてきていた。ふくふくとよく太っており、前に見た時よりも二回りは大きくなっている。初音に似て肌は白く、目鼻立ちも整っている。ほああっと、あくびをする様すら愛らしい。

赤ん坊の顔などどれも同じにしか見えないと思ってきた弥助だが、この双子はかわいいと思った。

将来はさぞ美人になることだろう。今から気を揉んでいる久蔵は、娘達が年頃になった暁には、どんな狂態を見せることやら。

考えるだけで笑いがこみあげてしまい、弥助は必死で歯を食いしばった。

一方、梅吉もとろけんばかりの目をして赤ん坊を眺めていた。

「かわいいなぁ」

「ああ、ほんとにな」

梅吉のつぶやきに、弥助もうなずいた。

赤子は生命の塊だ。仏から後光が差すように、目に見えぬ光を放っている。光はこちらに染みこんできて、優しさや愛しさとなって、体に広がっていく。

ほわほわとした心地になりつつ、弥助はふと思った。

初音は妖怪、華蛇族《かだぞく》の姫であり、正真正銘の妖怪だ。

一方の久蔵は生粋《きっすい》の人間である。

二人の血を受け継いだこの子達は、いったい、どちら寄りのものとなるのだろう？　より人間に近いのか、それとも妖怪に近いのか。妖怪の血が濃く出た時は、子供は妖界に移るのだろうか。

どうしても気になり、初音に尋ねてみた。

「あのさ、初音姫……この子達はどっちに似ているんだい？　顔じゃなくて、その……」

「ああ、血のこと？　妖怪と人間、どちらに似たかと？」

「う、うん……」

尋ねたあとで、弥助は後悔した。親の初音と久蔵にとって、これはとても複雑な大事なことだろう。他人の自分がずけずけ聞いてよいことではなかったかもしれない。

だが、身を縮める弥助の前で、初音と久蔵は顔を見合わせ、気楽に肩をすくめてみせたのだ。

「さあ、それはまだわからないわね」

「ま、どちらでもかまわないさ」

初音と久蔵のあっけらかんとした言葉に、弥助は気が抜けた。

「か、かまわないのか？」

「ああ。だって、どちらであろうと、俺達の子だということに変わりないからさ。ねえ、初音？」

「ええ、そのとおり」

笑い合う二人。何を守るか、何を大切に思うか、しっかりと定まっているのだ。

その姿を見習いたいと、弥助は思った。

千弥と自分は、今揺れている。まるで嵐の海に浮かぶ小舟のように。だが、二人一緒に慌てふためいていては、共倒れだ。せめて自分はゆるがぬ碇《いかり》となって、千弥をしっかりとつなぎとめなくては。

改めてそう思った。

四半刻ほど赤子達とその話題で楽しんだあと、弥助達は久蔵宅をあとにした。

弥助も梅吉もすっかり満足していた。梅吉は赤ん坊達を見られ、弥助は弥助で、久蔵の家族からほしい答えをもらった。

ただし……やはり無傷と言うわけにはいかなかった。

梅吉がうめいた。

「ちくしょう。指ではじかれたところがまだ痛ぇよ」

「俺もさ。つねられた顔がひりひりする。あの野郎……」

あの野郎とは、むろん久蔵のことだ。赤ん坊達が弥助達に笑いかけるのを見るや、「うらぁ！」と奇声をあげて飛びかかってきたのである。

「あれが親父じゃ、あの子達、大変だなぁ。絶対苦労するよ。おいらが見たところ、あの旦那、千弥さんと同じようになるね」

「馬鹿言え。久蔵と千にいとじゃ、天と地ほども違うぞ！」

「そうかい？　どうも同じ匂いがするんだけどなぁ」

くすくす笑いながら、玉雪が口をはさんできた。

「ほらほら、二人とも。人の悪口は、あのぅ、そのくらいにしておきましょうよ」

「玉雪さんはなんだかんだと久蔵に甘くない？」

「そんなことはありません。あたくしが一番甘いのは、あのぅ、弥助さんですから」

「……………」

弥助は黙り、梅吉はくくくと笑った。

「いっぱい大事にされてて、果報者だなぁ、弥助は」

「う、うるさい」

そうして、三人は太鼓長屋の前まで戻ってきた。

玉雪は立ち止まり、弥助に言った。

「では、あたくしはこのまま梅吉さんを送ってきます」

「そうしてやって。今夜はもう子預かりの依頼もないと思うし、玉雪さんも帰って、ゆっくりしてよ。今日は色々とありがとう」

「いえいえ。あたくしも、あのぅ、楽しかったです。また来年も、みんなで一緒に栗拾いに行きましょう」

「そうだな。次こそは津弓も来られるといいな。それじゃおやすみ、玉雪さん。梅吉も、またな」

「うん。おやすみ、弥助」

「おやすみなさい」

別れを告げ、梅吉を手に持って、玉雪は闇の中に溶けるように消えていった。

うーんと、弥助はのびをした。玉雪に諭されたせいか、それとも赤ん坊達を見たせいか、もう不安は消えている。むしろ、いい気分だ。

「よし」

路地を抜け、自分達の部屋へと戻ったところで、弥助ははっとした。部屋の中から明かりが漏《も》れていたのだ。

ああ、千弥が帰っていると、弥助は思わず顔をほころばせた。

そうっと、音のしないよう、戸口を開けた。

やはり千弥がいた。こちらに背を向ける形で、じっと座っている。いつもならすばやく弥助の気配や足音に気づき、ぱっと振り向いて笑顔を向けてくるのだが、今回はぴくりとも動かない。何かを深く考えているようだ。

ここで、弥助の中にいたずら心がわいてきた。

そうだ。ひさしぶりに後ろから飛びついてやろう。

昔よくやった遊びだ。背中に飛びついてくる弥助を、千弥は笑いながら抱きとめてくれたものだ。

そろぉっと部屋の中に忍びこみ、足音と息を殺して、弥助は千弥に近づいた。それでも千弥はまったく動こうとしない。

おかしいなと、弥助は少し思った。

さすがに気づいているはずなのに。ああ、そうか。千にいは俺をわざと誘っているんだな。それなら、お望みどおりにしてやろう。

ぱっと、弥助は千弥の背中に飛びついた。

次の瞬間、弥助の周囲がぐるりと回った。いや、違う。回ったのは弥助自身だ。そのまま一回転して、固い床に背中から叩きつけられた。

「がっ！」

頭こそ打たなかったものの、体の骨が粉々になるような衝撃に、息が詰まった。

何が、どうして、こうなった？

混乱しながら千弥を見ると、千弥は顔面蒼白のありさまだった。元から白い顔から、今は完全に血の気が引いてしまっている。

「や、や、弥助……ああ、私はなんてことを！　弥助ぇ！」

悲鳴のような声をあげ、千弥は弥助を抱き起こした。

「ごめん！　ああ、本当にごめん！　痛かったろう？　本当にすまなかった。おまえだとわからなかったんだ。わかっていたら、絶対投げ飛ばしたりしなかったのに！」

惑乱したように叫ぶ千弥に、弥助はようやく理解した。自分は千弥に投げ飛ばされたのだと。

苦しい息の中、弥助は必死で声を出した。

「わ、わからなかったの？　俺が？」

「わからなかった。わかっていたら、誰がこんなことをするものか！……ああっ！」

ふいに、千弥は弥助を床に横たえ、逃げるようにあとずさりした。その顔は恐怖と悲しみに歪《ゆが》んでいた。

「……わからなかった。わかるはずなのに。間違えるはずがないのに。……私は、弥助の気配がわからなくなっているのか」

「せ、千にい？」

「ああ、だめだ！　だめだだめだだめだだめだぁ！」

突如、千弥は血を吐くように叫びだした。

「失うだけなら耐えられると思っていた！　だが、甘かった。やっぱりだめだ。このままじゃまたおまえを傷つけてしまう。……ごめんよ、弥助。ずっとずっとそばにいたかった。おまえのそばにいたいと、それだけを願っていたけれど、もう……だめなんだ」

そう言って、千弥は弥助に背を向けたのだ。

弥助は真っ暗な闇に飲まれるような恐怖を覚えた。

千弥が離れていこうとしている。

はっきりとそう感じ、まだ痺《しび》れている手を必死で千弥に向かって伸ばした。

「せ、せ、千にい。い、行かないで！」

「……体を冷やさないようにするんだよ」

背を向けたまま、千弥は優しい声で言ってきた。

「ちゃんと毎日ごはんも食べるんだ。それから、子預かり屋もほどほどにおし。弥助は優しいから。優しすぎて、いつも無理をしてまで、子妖に尽くしてしまうから。……何かの時には、玉雪と久蔵さん、それに……月夜公が力になってくれるはずだ。この三人を頼りにすれば、おまえは大丈夫だよ」

「だめ……こ、こっちに来てよ。俺のところに来てよ。ねえ、お願いだよ」

「ごめんよ。もうおまえに触れることはできないんだ。……今そうしたら、また未練が生まれてしまう。……元気で暮らすんだよ」

ぱっと、千弥は外に飛び出していった。

「千にい！　待って、千にい！」

喉も裂けよとばかりに、弥助は千弥を呼び続けた。

だが、千弥が戻ってくることはなかった。

## 八

千弥は走った。どこを走っているかなど、まるで考えなかった。

一歩でも弥助から遠ざからなければならない。

その一心でひたすら足を動かした。その間も、決して振り返るなと、自分に言い聞かせていた。

振り返れば、たちまち未練に飲みこまれる。性懲《しょうこ》りもなく、またふらふらと弥助のもとに戻ろうとしてしまうかもしれない。そして、またあの子を傷つけてしまったら?

「くっ!」

血がこぼれるほど強く、唇を嚙みしめた。

弥助を投げ飛ばしてしまったことに、千弥は我を見失うほどの衝撃を受けていた。それゆえに、絶望よりも、危機感のほうが強かった。

二度と弥助を傷つけたくない。あんなことをまたするくらいなら、自分の腕をもぎ取られたほうが百倍もました。

だが、弥助のそばにいれば、また同じことが起こるだろう。弥助が弥助たることを忘れてしまったら、自分がどのような態度を取るか、千弥には容易に想像がついた。

思わず両手を握り合わせた。

最後に弥助に触れた手が、燃えるように熱く感じられる。この熱を忘れまい。いずれ忘れてしまうにしても、今だけはしっかり留めておきたい。

涙は出なかった。泣いている暇などない。冷静になればなるほど、なんとかしなければという気持ちが募ってくる。

いつの間にか、足は闇雲に走るのをやめ、ある方向へと向かいだした。

そうしてたどり着いたのは、一軒の家だった。立派すぎるほど立派ではなく、だがまだそれほど古くもない佇《たたず》まいで、町の喧噪からは少し離れた場所にある。

家人はまだ眠っていないのだろう。戸口の隙間からは明かりが漏《も》れ、楽しそうな笑い声も聞こえてくる。

幸せに満ちた家だ。このような幸せを、弥助とずっと築いていきたかった。

心を引き千切られるような苦しさを覚えながら、千弥はそっと戸を叩いた。すぐに中から返事があった。

「誰だい？」

「久蔵さん、私です」

「千さん？」

ばたばたと音を立てて、慌てた様子で久蔵が戸口を開けてきた。

「ほんとに千さんだ。どうしたんだい？　一人でこんな夜遅くに訪ねてくるなんて。あいつは？　たぬ助は一緒じゃないのかい？」

「ええ。もう、弥助とは一緒にいられないので」

千弥の言葉に、久蔵はぎょっとしたようだった。

「せ、千さん？　そいつぁ、いったい、なんの冗談だい？」

「冗談でこんなことを言うわけないでしょう。本当ですよ。私は今夜かぎり、弥助のそばから離れなくちゃいけない。だから久蔵さん、それに初音姫……」

家の中で双子を抱いている初音のほうに、千弥は顔を向けた。

「あの子を、弥助をよろしく頼みます。あの子が困った時には、どうかどうか力になってやってください。あの子が大人になるまで、どうか見守っていてやってください」

そう言って、深々と頭を下げる千弥に、久蔵も初音も言葉が見つからない様子だった。

「千弥様……いったい、どうしたのですか？」

「そうだよ。そ、そんなことを言うなんて、千さんらしくもない」

「すみません。弥助のことを頼めるのは、久蔵さん達しかいないと思ったもので。とにかく、どうかどうかお願いします」

「あ、ちょっと！　千さん！　待った！」

だが、引き止めようとする久蔵の指先をするりとかわし、千弥は風のように夜闇の中に逃げこんだ。

もう、あの男とも相まみえることはないだろう。

だから、自分の名を呼ぶ久蔵の声が聞こえなくなった時、少し寂しさを覚えた。そのことに驚いた。弥助以外にも、自分が別れを惜しむ相手がいたことに驚いたのだ。

だが、安心もしていた。

あの久蔵なら大丈夫だ。元気よく弥助と喧嘩をしながら、弥助のことを見守り、いざという時には力となってくれることだろう。ちゃらちゃらして見えるが、それだけの漢気《おとこぎ》を持った男だと、千弥は微塵《みじん》も疑ってはいなかった。

さて、久蔵に弥助を託したことで、満足はできた。だが、このあとはどうしようか？

千弥は足を止め、しばし考えにふけった。

弥助のことだ。千弥が戻らなければ、血眼になって捜すことだろう。だが、自分達はもう二度と会ってはならないのだ。決して弥助に見つからない場所、見つかったとしても決して触れ合うことのできぬ場所に、身を隠さなければ。

「隠れる場所、か……」

ある場所を思いつき、千弥はふたたび走りだした。

明け方近く、千弥の姿は大きな山の山頂近くにあった。

ここは鈴白山《すずしろやま》といい、この辺りではもっとも高く、もっとも寒い山である。すでに山頂は真っ白な雪で覆われていた。その雪を踏みしめながら、千弥はあるものを探していた。

ようやく見つけた。山の岩肌にできた深い裂け目だ。奈落の底まで続いているような闇に満ち、そこから吹いてくる風は身も凍るような冷たさだ。

いる。

確信し、千弥は裂け目に向かって呼びかけるように歌いだした。

さらら、さららと、雪が降る

白い山を守るのは、雪より白い細雪丸《ささめまる》
そらそら、吹雪が呼んでいる
あっちで子供が凍えてる
こっちで子供が雪まみれ
走れ、走れ、細雪丸
子供を助けて春を待て
さらら、さららと、雪は降る
春まで積もる雪なれど
凍えることはあるまいぞ
細雪丸がおるなれば
細雪丸がおるなれば

千弥の声は決して大きくはなかったが、よく響き、吸いこまれるように裂け目の中へと入っていった。

と、動きがあった。

ばっと、裂け目から一人のあやかしが飛び出してきたのだ。

あやかしは、雪の化身かと見まごうような姿をしていた。見た目は少年で、雪白の肌にはうっすらと青い鱗《うろこ》模様が浮かび、目は氷のごとく青い。着ている青白い衣はわずかな風にもふわりと揺れ動く。

あやかしは信じられないとばかりに千弥を見つめてきた。驚きのあまり、声も出ない様子だ。そんなあやかしに、千弥は静かに呼びかけた。

「私を覚えているか？」

呪縛が解けたように、あやかしは息を吐きだした。そして、笑顔となった。

「もちろんだ！　千弥、よく来たな。また会えて嬉しいぞ！」

このあやかしの名は細雪丸。鈴白山より生まれた冬の子だ。冬の凍てつきと雪なしでは生きられぬ身だが、細雪丸の心は温もりに満ちている。山で凍え死にしそうになっている人間を必死で助けるほど、心優しいあやかしなのだ。

以前、千弥はこの山に来て、一冬を細雪丸と過ごした。どうしてそうなったかは思い出せなくなっていたが、細雪丸の持つ力のことはよく覚えている。それを頼ろうと、ここへやってきたのだ。

一方、細雪丸は純粋に再会を喜んでいた。と、きょろきょろとまわりを見た。

「あの子供は？　弥助は一緒じゃないのか？」

「……ここに来た時、私は弥助と一緒だったんだな？」

「何を言っている？　覚えていないのか？」

「ない。ここで一冬、おまえの世話になったことを覚えている。だが、なんのためだったかは覚えていない。ぼやけてしまって、思い出せない」

「思い出せないって……」

「私は呪いを受けているんだよ」

千弥は手短に、自分が誓い破りをしてしまったこと、その代償になにより大切な弥助との思い出が消えつつあることを話した。

細雪丸の顔が悲しげになった。

「おまえ……なんてことを……」

「わかっている。それについては何も言わないでくれ。……後悔はしていないんだよ。誓いを破ったおかげで、弥助を助けられたから。ああしなかったら、まず間違いなく弥助は死んでいた。……たとえ、こうなるとわかっていても、私はやはり同じことをしていただろう」

「……そうか。残っている思い出はどのくらいなんだ？」

「わからないが、少ないと思う」

濡れたぞうきんから水気がしぼりだされるように、急激に記憶が頭からしぼりだされているのを千弥は感じていた。だが、先ほど弥助を投げ飛ばしたことはまだはっきり覚えている。この記憶があるうちに、なすべきことを果たさなくては。

決意をこめて、千弥は細雪丸に言った。

「ここに来たのは、おまえに頼みがあったからだ」

「頼み？」

「そうだ。おまえの術を、私にかけてほしい。うんと硬く、うんと強い氷で、私を包んでほしい」

「何？」

目を剝く細雪丸に、千弥は静かに言葉を続けた。

「いずれ私は弥助の全てを忘れてしまう。そうなる前に、この身を閉じこめてしまいたいんだよ。さあ、やってくれ。今すぐに」

「いや、待て。ちょっと落ち着け！」

動揺しながら、細雪丸は叫んだ。

「そんなことをしても、たぶん無駄だ。その呪いは、恐らく俺の術では食い止められない。氷の中で眠っている間も、おまえの記憶は失われていくはずだ」

「それでもいい」

「えっ？」

「氷の中に入るのは、記憶を食い止めるためじゃないんだよ」

悲しげに千弥は微笑《ほほえ》んだ。

「……弥助は、あの子はきっと私を捜しに来る。だが、ここにたどり着いたとしても、氷の中の私には手出しできないだろう。私も、眠っていれば、弥助を傷つけることはない。これが最善の策だ。頼む。術をかけてくれ」

「……目が覚めた時、おまえは弥助を忘れ果てているかもしれないぞ？」

「それならいっそ、決して溶けない氷で私を覆ってくれ。私が目覚めたいと思わないかぎり、溶けることがない氷を作ってくれ」

「一生眠り続けたいって言うのか？」

「ああ。そのほうがいい」

弥助を失ってしまったら、自分は空っぽになると、千弥は確信していた。そんな状態で目覚めるくらいなら、命果てるまで穏やかな眠りの中にいたい。そのくらいのわがままは許されてもいいはずだ。

「できるか？」

「できる。できるが……あまりやりたくないな」

細雪丸は気遣わしそうに千弥を見つめた。

「他に……探せば、もっといい手があるんじゃないか？」

「いや、ない。かの月夜公すら、私の呪いは消せないと断言したんだからね。これが一番なんだよ。頼む。……もう二度と、あの子を傷つけたくないんだ」

「だが、おまえが目覚めることのない眠りについたら、それこそあの子を傷つけることになるんじゃないか？」

「……大丈夫だよ」

千弥は泣きそうな顔をしながら、また微笑んだ。

「あの子はもう……一人じゃない。たくさん仲間ができたんだ。優しい人間やあやかしがあの子を守って、育ててくれる。もう少し大きくなったら、伴侶を見つけるかもしれない。最初は私を恋しがっても、年月が経てば、やがて悲しみも薄れていく。……あの子は人間だ。人間は強いから」

さあっと、千弥は両腕を広げた。

「やってくれ、細雪丸。お願いだ！」

覚悟を決めた千弥はとても美しく、同時に泣きたくなるほど痛々しくて、細雪丸は顔を歪めた。

千弥が苦しんでいるのが手に取るようにわかった。その心臓に大きな穴が開き、血が噴き出しているのが見える気がする。

それが、優しい細雪丸には耐えられなかった。

なんとかしてやりたい。助けを求めてきた千弥に、安らぎを与えてやりたい。

「……わかった。やってやる」

ついに細雪丸はうなずいた。

## 九

弥助は一睡もしないで土間に立っていた。夜が更け、白々と朝日が昇ってきても、その場を動かなかった。何も食べず、水すら飲まなかった。

目には外へ飛び出していく千弥の姿が焼きついていた。

あの時、なぜ無理矢理体を起こし、千弥の手をつかまなかったのか。骨が折れているような痛みを無視すれば、それができたはずなのに。引き止められたはずなのに。それをできなかったばっかりに、千弥を行かせてしまった。

たぶん、二度とここには戻ってこないだろう。

千弥のことをいやというほど知っているからこそ、弥助にはそれがわかった。

それでも一縷《いちる》の望みをかけ、祈りをこめて戸口を見つめ続けた。

「頼む。戻ってきて。お願いだよ。千にい。千にい。千にい」

つぅっと、涙があふれていく。手足の先の感覚がなくなり、唇は乾いてぼろぼろになっていく。

それでも、弥助は待ち続けた。帰ってきてくれるかもしれないという望みに、しがみついたのだ。

夜が明けてすぐに、すごい足音と共に、久蔵が部屋に飛びこんできた。

「や、弥助！　千、千さんは？　どこ、だい？」

すっかり息があがっている中、久蔵は切れ切れに声をしぼりだしてきた。その引きつった顔を見返しながら、弥助は何があったのかをぼんやりと感じ取った。

「千にい……久蔵のところに行ったんだね？」

「そ、そうだよ。よくわかった、な？」

「……俺のことをよろしく頼むとか、言ってた？」

「……ああ」

久蔵は顔を歪《ゆが》めた。

「夜、千さんがうちに来たんだ。様子がどうもおかしいから、追いかけて、捜し回っていたんだけど、見つからなくてね。もしかして、ここに戻っているかと思ったんだけど。……いったい、何があったって言うんだい？」

「………」

「ま、まあ、いいよ。とにかく、俺はこのまま捜すから。店子《たなこ》の連中にも、千さんを見かけたらすぐに教えてくれるように頼んでおく。ああ、おまえはここにいな。千さんが戻ってきた時、おまえがここにいなきゃ話にならないからね」

そう言い残し、久蔵はふたたび慌ただしく出て行った。

やがて朝は昼となり、昼は夕暮れへと変わり、ふたたび夜がやってきた。

いそいそと太鼓《たいこ》長屋にやってきた女妖《じょよう》の玉雪は、土間で幽霊のごとく佇《たたず》む弥助を見て、腰を抜かしかけた。

「えっ？　や、弥助さん？」

玉雪に抱きつかれても、弥助は朦朧《もうろう》と「千にい。帰ってきて」とつぶやくばかり。魂が抜けてしまったかのようなありさまに、玉雪はますます慌てた。急いで弥助を布団に寝かせ、温かい甘酒を飲ませた。

赤子のように甘酒をすすると、弥助のうつろだった目にも少し生気が戻ってきた。

「た、玉雪、さん？」

「ああ、弥助さん！　あたくしがわかるんですね！　ああ、よかった。どうなるかと思いました」

「……千にいは？」

「千弥さん？　いえ、あのぅ、部屋にはおられませんよ」

「……まだ帰ってきてないんだ」

「弥助さん？」

「……もう二度と帰ってこないかもしれない」

堪えに堪えていたものが、ついに弾けた。

うわっと弥助は泣きだした。

魂がしぼられるように苦しかった。

不安で、悲しくて、恐ろしい。

涙と鼻水を一緒くたにほとばしらせる弥助を、玉雪は呆然と見ていた。

「千弥さんが、い、いなくなったんですか？」

「う、うん」

昨夜のことを、しゃくりあげながら弥助は話した。

「お、俺、投げ飛ばされたんだ」

「だ、誰に？」

「千にい」

「そんな馬鹿な！　あ、ありえません。千弥さんが、あのぅ、そんなことするなんて」

「俺もだよ。でも、ほんとだ。千にい自身がそのことに驚いちまったみたいで……。だめだとか叫んで、で、出て行ったんだ。な、なんだか、お別れみたいな言葉も言ってた……俺、怖い。千にい、もう戻らないつもりなんだ」

「そんなことは……」

「ううん。わかるんだ!」

弥助は激しく首を振った。

「千にいのことだから、わかるんだよ。きっともう……千にいは俺のところへ戻ってこないよ。もう二度と会わないつもりなんだ」

弥助は今度は静かに泣きだした。声を出すことなく、大粒の涙だけをぼろぼろとこぼす。

その姿を痛ましげに見つめていた玉雪であったが、意を決したように口を開いた。

「それで、弥助さんはどうしたいですか?」

「え?」

「このまま千弥さんを、あのぅ、あきらめられますか? お別れですと言われて、はいそうですかと、あのぅ、受け入れられますか?」

受け入れる? この一方的な別れを? あきらめる? 千弥をか?

かっと、弥助は両目を見開いた。

できない！　そんなことはできるわけがない！　ふざけるな！　誰がこんなこと受け入れられるものか！

一瞬にして涙が止まり、悲しさや恐怖に変わって、怒りに似た活力がみなぎってきた。

弥助は布団から跳ね起きた。

「捜す。千にいが戻らないつもりなら……俺のほうから捜す。捜して、見つけて、連れ戻す」

「それならお手伝いいたしましょう」

「ありがとう。それじゃ……さっそく頼んでいい？」

「なんなりと」

「俺を妖怪奉行所、東《ひがし》の地宮《ちぐう》に連れて行ってほしい。月夜公に会いたいんだ」

わかりましたと、玉雪は立ちあがった。


突然やってきた弥助を見ても、月夜公は驚いた様子を見せなかった。むしろ来るのがわかっていたかのような顔で、弥助のことを出迎えた。

「なんの用じゃ、弥助？　吾《われ》は忙しい。話だけは聞いてやるゆえ、手短に申せ」

ばっと、弥助は両手を床につけ、しぼりだすような声で言った。

「お願いがあります。俺の養い親、千弥がいなくなりました。お願いですから、捜してください。見つけて、俺のところに連れて来てください。じゃなきゃ、俺を千にいのところに連れてってください。お願いします」

繰り返し頼む弥助を、月夜公はじっと見下ろしていた。顔つきは冷ややかでも、目に浮かぶものは違っていた。

だが……。

何か言いかけたものの、月夜公はそっけなく弥助から顔を背けた。

「……千弥は自ら望んで、うぬのもとを去ったのであろう？　では、そのままにしておくのが一番よかろうよ。捜されることも見つけられることも、やつは望んではおらぬであろうよ」

その口ぶりに、弥助ははっとした。それまでの礼儀をかなぐり捨て、思わず月夜公に駆け寄り、その裾にしがみついた。

「……もしかして、何か知っているの？　せ、千にいがどうしてこんなことをしたのか、心当たりがあるんじゃないのかい？」

「知らぬ。知っていても、教えられぬこともあるのじゃ。その手を放せ、小僧！」

「い、いやだ！　教えてくれよ！　なあ、お願いだよ！」

「ええい、放さぬか！」

苛立った月夜公は、尾の一本で弥助を巻きとり、締めつけようとした。だが、尾が届く前に、弥助はふわりと、後ろへと放り出された。

「ぬっ！」

「まあまあ。そう邪険《じゃけん》にするものではない。弥助がかわいそうじゃ」

鈴を振るような麗《うるわ》しい声がして、その場になんとも妖艶《ようえん》な女童《めのわらわ》が現われた。

歳は十歳ほどだが、傾城《けいせい》と言ってもよいほどの色香と、他者を寄せ付けぬ気品と威厳を併せ持っている。その顔立ちはなまめかしくも愛らしく、かわいらしいのにぞっとするほど美しい。

光を放つような純白の長い髪は、まとった紅と朱と黄金色の打ち掛けにも負けぬ豪華さで、女童を飾っている。鮮やかな蜜《みつ》色の目は、それこそ宝珠《ほうじゅ》のようだ。

猫のあやかし達の王、王蜜《おうみつ》の君《きみ》がそこにいた。

弥助は目を見張り、月夜公はむっとしたように眉間にしわを寄せた。

「王蜜の君。ここは奉行所じゃぞ。ところかまわず自由に振る舞われては困る」

「固いことを申すな、月夜公。そなたとわらわの仲ではないか」

「どんな仲じゃ！」

嚙みつく月夜公を、けらけらと笑っておもしろがる王蜜の君。妖怪はあまたいようとも、月夜公をこうもからかえるのは、王蜜の君ただ一人に違いない。

あっけにとられている弥助に、王蜜の君は振り返って微笑《ほほえ》みかけた。

「さて、弥助よ、月夜公に聞いても無駄じゃぞ。そやつは誓いを立てておる。こたびの千弥について、何もそなたに言わぬことを誓っておるのじゃ。問い詰めたところで、時の無駄よ」

「誓いって、なんでそんな……」

「王蜜の君！」

くわっと、月夜公が怒鳴った。

「な、なにゆえ、そのことをそなたが知っておる！」

「ふふふ。わらわは耳がいいのじゃ。ことに、おもしろそうなことはすぐに聞きつけるたちでのぅ」

「ぐぬぬぬぅ……」

「じゃから、そなたに代わって、わらわが弥助に教えてやろうと思ってのぅ。そなた、悔いておるのであろう？　あのような誓い、立てなければよかったと、この弥助を見てそう思ったはずじゃ。違うかえ？」

「誰がそんなこと思うものか！　馬鹿馬鹿しい！」

そっぽを向く月夜公に、王蜜の君はますます軽やかな笑い声を立てる。まさに気まぐれな猫そのものだ。

だが、藁《わら》にもすがる思いで、弥助は王蜜の君に頼みこんだ。

「王蜜の君、教えてくれ！　千にいの何を知ってるの？　お願いだから、教えて！　教えてください！」

「おお、かわゆい頼み方じゃ。いつもは勝ち気な弥助をこうもうろたえさせるとは、千弥も罪な男よ」

「王蜜の君！」

「わかったわかった。では、教えてやろう。千弥はな、呪いを受けたのじゃ」

「の、呪い？」

「そう。かの紅珠の一件でのことよ」

王蜜の君は洗いざらい弥助に話した。月夜公は苦々しい顔をしていたものの、一度たりともそれを邪魔することなく、ただ横に立っていた。

話を聞き終えた時、弥助は息ができないほどの衝撃を受けていた。胸を押さえ、か細く呼吸を繰り返しながら、やっとのことでつぶやいた。

「それじゃ……千にいがおかしかったのは……」

「日々記憶が失われていくことをそなたに悟らせまいと、必死に繕っていたからであろうよ」

そう言われれば、確かにそうだ。記憶がなくなっていたから、思い出や意見に食い違いが出た。人魚の肉を求めたのは、弥助がすでに丈夫であることを忘れてしまったためだろう。座敷童《ざしきわらし》を必死に居つかせようとしたのも、今後もし自分がいなくなっても、弥助が安泰に暮らせるようにしたいと思ったからだろう。

ああ、全てに辻褄《つじつま》が合う。

「千、にい……」

様々なことがどっと頭の中にあふれかえった。

数年前、弥助は千弥が妖怪だということを初めて知った。その時、弥助はほっとしたのだ。妖怪であれば、自分より先に死ぬことはないだろう。失うという悲しみを味わわずにすむと、身勝手ながらそう思ったのだ。

だからこそ、今受けた痛手は大きかった。こんな形で、自分が千弥を失うことになるとは。

散々泣いたあとだというのに、また涙がこみあげてきた。

自分のために。自分のせいで。

だが、すすり泣く弥助に、王蜜の君が厳しく言った。

「何を泣く？」

「だ、だって、俺のせいで、千にいは呪いを……」

「あきれたのぅ。本気でそう思うのかえ？」

心底馬鹿にしたように言う王蜜の君に、月夜公はたまりかねて口をはさんだ。

「おい、王蜜の君。少しは手加減してやるがよい」

「いいや、月夜公よ。この子はあまりに甘やかされておる。この辺りで、ちと手厳しくしてやらねばなるまいよ」

そう言って、王蜜の君は弥助を見た。その目は、獲物を見つけた猫のようにらんらんと光りだしていた。

「誰が止めても、そなたが涙を流して止めたとしても、あの時の千弥の決心を翻《ひるがえ》すことはできなんだであろうよ。それはそなたにもわかるであろう？　ゆえに、そなたが悔やんでもまったく意味のないこと。それこそ無駄というものじゃ」

「………」

「千弥は自分で選んだ。自分で代償を払い、呪いを受けることを決めたのじゃ。それでも、そなたは泣き続けるかえ？　今がそうすべき時だと、そう思うのかえ？」

胸をえぐるような鋭い声だった。

だが、おかげで弥助は我に返った。

俺の馬鹿！　これからどうするかが大切なんだってことを、玉雪さんに教えられたばかりじゃないか。

目元をぬぐい、きりっと弥助は顔を上げた。二人の大妖《たいよう》がこちらを見ていたが、ひるまずに見返し、口を開いた。

「千にいは……たぶん俺のところに帰ってこないつもりなんだ」

「そのようじゃな」

「でも、俺はあきらめきれない。こ、こんな別れ方をするのは嫌だ。だいたい、千にいは勝手すぎるよ。二人で決めるべきことじゃないか。なのに、勝手に自分一人で抱えこんで、出て行くなんて……ひ、ひどいよ！」

「ふふ、そうじゃ。弥助、もっと怒れ。怒ってよいのじゃ」

「王蜜の君、そう煽《あお》るな。それで？　そなたはどうしたいのじゃ、弥助？　ここに来たということは、奉行である吾に頼みたいことがあったからであろう？　何を望む？　言うてみよ」

うながす月夜公を、弥助はまっすぐ見返した。望みは一つしかなかった。

「千にいを見つけて。俺のところに連れて来てほしいんだ」

「……会ってどうする？　戻れと言っても、そう簡単に説得はできまい。それに、どう足掻こうと、やつにかかった呪いは消えぬぞ？」

「それでもいいんだ。とにかく、俺は千にいに会わなきゃいけない。……あきらめないよ。たとえ記憶が全部なくなって、千にいが俺のことを忘れちまっても……これから俺のことを知ってもらえばいい。二人で一緒に、毎日新しい思い出を作ればいいんだ」

それは言葉で言うほど簡単ではないかもしれないと、心のどこかで弥助は知っていた。

記憶がなくなることは、それまで積み重ねてきた年月が砕けることだ。千弥が、また弥助を愛するようになるかどうかはわからない。もし愛するようになったとしても、それは間違いなく昔とは違う形になる。そのことに、弥助は戸惑い、悲しみ、憤りを感じることだろう。

だが、努力をしたい。これまでの自分達に戻れなくても、一緒にいれば、新しい何かが生まれるはずだ。

そのためにも千弥を取り戻したい。

ゆるがぬ決意を目に宿す弥助に、月夜公はふっと息をついた。

「ふん。蛙《かえる》の子は蛙と言うが……うぬは間違いなく千弥の子じゃな」

淡い笑みを浮かべる月夜公に、弥助はたじろいた。月夜公が自分に笑いかけてくるなど、思い描いたことすらなかったのだ。

と、月夜公は大きく手を叩いた。

「飛黒《ひぐろ》。飛黒、おるかえ？」

「はっ！」

すぐさま返事があり、烏天狗《からすてんぐ》の飛黒が駆けつけてきた。

ひざまずく飛黒に、月夜公は命じた。

「飛黒。あやかし達にふれを出せ。白嵐こと千弥の居所を見つけ出したものには、吾秘蔵の千華酒《せんかしゅ》を渡すとな」

「あの千華酒を、でございますか？」

「そうじゃ。千年かけて花の蜜を集めて作られる極上の酒じゃ。褒美の品としてうってつけであろう？　さあ、行け。行って、皆に吾が言葉を伝えよ」

「かしこまりました」

月夜公が動いてくれた。千弥を捜すために、力を貸してくれる。その頼もしさに、弥助は身が震えた。

そして、王蜜の君も弥助に笑いかけてきた。

「わらわも、猫達に声をかけておこう。何かわかり次第、すぐにそなたに知らせてやるほどに」

「あ、ありがとう、王蜜の君」

「何。わらわも、千弥はそなたと一緒にいたほうがよいと思うからの。……たとえ、千弥がどれほど巧みに身を隠していようと、必ず居所は突き止められよう」

そのとおりだと、月夜公が振り返ってきた。

「吾の威信にかけて、見つけ出してみせよう。そのあとのことは、弥助、そなたにまかせたぞ」

「うん」

弥助はしっかりとうなずいた。

十

千弥がいなくなった。弥助が捜している。

知らせは瞬く間に広まり、多くの妖怪達が千弥捜索に動きだした。褒美の品にそそられたからというものも中にはいたが、弥助のために力を貸したいという顔見知りがほとんどだった。

梅妖怪の梅ばあと梅吉。

どじょう妖怪の青藻《あおも》とその子供達。

大鶏《おおとり》の朱刻と時津。

酒鬼《さけおに》の剛丸《ごうまる》と力丸《りきまる》。

化け猫のりんとくら。

化けいたちの宗鉄とその娘みお。

烏天狗《からすてんぐ》の右京と左京。

寝言猫《ねごとねこ》のおこねとまるも。

月夜公に仕える三匹鼠《ねずみ》。

化けふくろうの雪福《ゆきふく》と真白《ましろ》。

これまで弥助のところに子を預けたことがある妖怪達が、こぞって動きだしてくれたのだ。

見つけよう。見つけてあげよう。

弥助のために。あの子のために。

その想いは、人間界で待つ弥助にも伝わってきて、弥助はありがたさに涙が出た。

もちろん、妖怪達ばかりを頼りにするわけにもいかない。弥助は毎日、足が棒になるまで歩き回り、千弥の行方を捜した。だが、手がかり一つ、見つけられなかった。

気ばかり焦り、疲れは泥のようにたまっていく。

そんな弥助に、「いざという時に倒れては困るから」と、久蔵と玉雪はせっせと食事を運んでくれた。この二人がいなかったら、弥助は飯を作ることもできず、自分でも気づかぬままに衰弱していたことだろう。

食欲のまったくわかぬまま、弥助は無理矢理握り飯や団子を口に押しこみ、水で流しこむようにして飲みこんだ。

味がしなかった。あれほど好きだった食べることが、今では苦痛だった。

眠ることも難しかった。体は疲れ切っているのに、目が冴えてしまう。ようやく眠りについても、苦しい悪夢に苛まれた。

夢は決まって、千弥が暗闇に消えていくというものだった。手を伸ばし、叫んでも、どうしても千弥には届かない。

枕と頬をぐっしょりと涙で濡らし、飛び起きるというのを繰り返した。

ほんの数日で、弥助はげっそりとやつれた。

だが四日目、ついに待ち望んだ知らせがもたらされた。

「み、見つかったって？」

文字通り飛び上がる弥助に、玉雪は喜色を浮かべてうなずいた。

「あい！　鈴白山という山に向かうのを見たものがいるそうです！　今、月夜公様の烏天狗達が、あのぅ、その山をくまなく捜しています。千弥さんがいるかどうかまではまだわかりませんが、あのぅ、行ってみますか？」

「行くよ！　行くともさ！」

ようやくつかんだ手がかりだ。もう千弥はその山にいないかもしれないが、それでも、千弥がいた場所に行きたい。その想いを抑えきれなかった。

差しだされた玉雪の手を、弥助はすばやく握りしめ、目をつぶった。

千にい！　頼むからその山にいてくれ！

玉雪の術で運ばれている間も、ただただそう願った。

「着きましたよ」

玉雪の声が響いたかと思うと、突然、猛烈な寒さが体に襲いかかってきた。ぶるっと震えながら、弥助は目を開いた。

そこは確かに山だった。だいぶ深く雪が積もっており、身を切るような風が吹き巻いている。息を吐くと、真っ白な煙のようにたなびいた。

「弥助さん？　大丈夫ですか？」

「へ、平気。それより早く千にいを捜そう」

がたがた震えながら、弥助は一歩雪の中に踏みだした。

と、ばさばさっと羽ばたきがして、空の上から烏天狗の飛黒が舞いおりてきた。

「来たか、弥助」

「飛黒！　せ、千にいは？　見つかった？」

「まだだ。だが、この山にいるのは確からしい。来た痕跡はあっても、出て行った痕跡はないからな」

千弥がここにいる。

それだけで、弥助は体中に力が蘇《よみがえ》ってくる気がした。

目を輝かせる弥助によりそいながら、玉雪が口を開いた。

「あのぅ、この山には細雪丸という名のあやかしがいます。山のことならなんでも知っているはず。千弥さんのことを、あのぅ、尋ねてみてはいかがでしょう?」

「それはよいな。どこにそやつはおる?」

「山頂近くにある裂け目の奥が住まいです」

「では、そこに行ってみよう」

「お、俺も行く! 一緒に連れて行って!」

「……山頂はここよりもずっと寒いぞ?」

「かまわないよ! そのくらい我慢するから!」

「馬鹿なことを言うでない」

ふっと笑うと、飛黒は懐《ふところ》から折りたたんだ布のようなものを取りだし、「これを着ろ」と弥助に渡した。

受け取った弥助は驚いた。まるで炎に手をかざしているような温もりが伝わってくる。

よく見れば、それは布ではなく、毛皮だった。短い灰色の毛がびっしりと生えたもので、どういうわけか、ちらちらと赤く光っている。

「おぬしが来るだろうことはわかっていたからな。それは火鼠《ひねずみ》の皮で作った羽織だ。武具師のあせびがようやく完成させてな。着ていて火傷することも、火をふいたりすることも、もうないはずだ」

「火をふくって……そんなことがあったのかい？」

「ん？　ま、まあ、たいしたことはなかったぞ。烏天狗が数名、軽く火傷をした程度だ。それから作り直されたことだし、もう心配はないはず。さあ、早く着ろ。人間にここの寒さと風は危険だ。千弥を取り戻したとしても、おぬしが凍え死んでしまっては、なんの意味もないからな」

「あ、ありがとう……」

弥助はさっそく火鼠の羽織を着こんでみた。たちまち、体が温かくなってきた。山風や雪の冷たさも、もう少しも感じない。

血色が戻ってきた弥助を見て、飛黒はうなずいた。

「よし。では、山頂まではわしが運んでやろう。玉雪、おぬしもだ」

「あ、あたくしも？　いえ、あのぅ、あたくしは空を飛ぶのはあまり……山を登っていきますので、どうぞおかまいなく」

「この雪だぞ？　大丈夫か？」

「もともと雪には強いものですから。さ、どうぞ先に行っていてくださいまし。すぐに、あのぅ、追いつきますから」

「わかった。では、先に行くぞ」

「玉雪さん、あとでね」

玉雪に声をかけてから、弥助は飛黒に向き直った。

飛黒の手はかぎ爪が生えていて、手の平も指もざらざらとしている。だが、その手でできるだけ弥助を優しくつかむと、飛黒は漆黒《しっこく》の翼を二、三度羽ばたかせた。

次の瞬間、弥助は空中に浮かんでいた。足が地面についていない。それだけで心細くなったが、飛黒が矢のように飛び出すと、そんなことを思う暇すらなくなった。

とにかく速いのだ。

ぶつかってくる空気が痛くて、弥助はほとんど目を開けていられなかった。開けていたとしても、何も見えなかっただろう。雪こそ降っていなかったが、山に積もった雪が強風で巻き上げられており、まるで吹雪のように白い闇が広がっているからだ。

何も見えず、びょうびょうと風の唸りしか聞こえない。だが、空気がどんどん冷えてくるのはわかった。

山頂に近づいてきている。

そう思った時、別の羽ばたきが聞こえ、若々しい声が届いた。

「お頭！」

弥助は薄目を開けた。がっしりとした若い烏天狗が、こちらに向かって飛んでくるところだった。

飛黒がすぐに声を返した。

「おお、羽角《うかく》。いかがした？」

「それが、この先に裂け目がありまして。どうもその中に千弥はいるようなのです」

「何！」

「そ、それ、ほんと？」

思わず激しく身動きする弥助を、飛黒は慌ててつかみ直した。

「こら！　急に動くやつがあるか！」

「ご、ごめん。でも！　千にいがいたの？　見たのかい？」

だが、羽角と呼ばれた烏天狗は首を横に振った。

「裂け目の中は確かめていないのだ」

「どうしてだよ！」

「こら、暴れるなと言うのに！　いいから、おまえは少し黙っておれ。羽角。おまえらしくもない。どうして千弥がいるとおぼしき場所を捜索せぬ？　捜索した上で、報告に来るべきであろうに」

「申し訳ございませぬ」

羽角は大きな体を縮めた。

「ですが、その裂け目はもともと別のあやかしの住まいらしく。そやつが、その、断固我らを入れてくれないのです」

「月夜公様のご命令で千弥を捜していることは伝えたか？」

「はい。それを聞いても、だめなものはだめだと、一点張りでして。頑固なやつです。おまけに、冬のあやかしらしく、偏屈《へんくつ》で物知らずのようでして」

ただと、ちらっと羽角は弥助を見た。奇妙な目つきであった。

「そやつがおかしなことを言うのです。……俺はここを守ると約束したんだ。ここに入ってもいいのは、俺ともう一人だけ。ある人間だけだ。……そう言いはるのです」

「人間、だと？」

飛黒は抱えている弥助を見下ろした。弥助は飛黒を見上げ、うなずいた。

「きっと俺のことだよ。絶対にそうだ」

「……わしもそう思う。羽角、そのあやかしのもとまで、我らを案内せよ」

「はっ！　こちらです」

羽角のあとに続き、飛黒はゆるゆると下降していった。

ふわっと、白い雪が粉のごとく舞う中、弥助はふたたび地面に足をつけることができた。

飛黒が手を放すと、ずぼっと、膝のところまで雪に埋まった。ここはすでにこれほど雪が積もっているのだ。風の強さも、麓《ふもと》のほうとは比べものにならない。

それでも目をこらすと、確かに裂け目らしきものが見えた。

千弥があの中にいる。

熱くこみあげてくるものをこらえながら、弥助は深い雪をかきわけ、そちらに向かっていった。

一方、飛黒と羽角はすでに裂け目の前におり、裂け目のあやかしと対峙《たいじ》していた。弥助にもその顔が見えてきた。

見た目は、弥助よりも年下の少年だった。白い肌に水色の鱗《うろこ》を浮き上がらせ、ふわふわと揺れ動く変わった衣をまとっている。気の強そうな顔つきで、飛黒達を睨みつける目は氷のように冷ややかだ。

「烏天狗を何羽連れて来ても無駄だ。俺はこの中には誰も入れない。力尽くで押し通るつもりなら、やめておけ。俺はこの山の子だ。山は俺に味方する。ここでは俺が誰より強いぞ」

声も凍てついていた。まさしく氷の化身のようだ。

だが、飛黒はひるむことなく言葉を返した。

「待て待て。おぬしとやり合うつもりはない。縄張りを荒らすつもりもな。……おぬし、人間ならその中に入れてくれると言うが、まことか？」

「ああ。だが、人間なら誰でもいいというわけじゃない。たった一人だけだ」

「そのたった一人の人間とは、この子のことではあるまいか？」

そう言って、ふわりと飛黒と羽角は飛んだ。彼らという壁がなくなり、弥助は青白いあやかしと向かい合うこととなった。

どんなことを言われるだろうかと、弥助は少し身構えた。

だが、あやかしは弥助を見るなり、表情を一変させた。凍てついていた両目を驚いたように見開いたあと、そっと尋ねてきたのだ。

「おまえ……弥助か？」

「え？」

「やっぱり弥助なんだな。ああ、確かに面影がある。大きくなったな」

ぱっと、あやかしは笑顔となった。それまでの冷ややかな顔とは打って変わった、親しげで懐かしそうな笑顔だった。

「おまえは俺を覚えていないだろうけど、俺は覚えているぞ。……何年も前に、おまえと千弥はここに来た。おまえは俺の氷の中で、一冬眠って過ごしたんだ」

「知らない。そのことは……千にいも話してくれたことがない」

「だが、本当のことだ」

細雪丸と、あやかしは名乗った。

と、その青白い顔がまた表情を変えた。今度は深い憂《うれ》いをおびたものとなる。

「おまえが追ってくるだろうと、千弥は言っていた。たとえどんなに巧みに姿をくらませても、おまえなら必ず突き止めて、そしてたどり着くと……あいつの言っていたとおりだったな」

「細雪丸……千にいはどこだい？　居所を知ってるんだろ？」

「ああ。……来いよ。千弥に会わせてやる」

その言葉こそ、弥助が焦がれていたものだった。

心配そうにこちらを見る飛黒達にうなずきかけてから、弥助は細雪丸のあとに続き、深い裂け目へと足を踏みこんでいった。

裂け目は大きな洞窟となっており、進めば進むほど、ますます寒くなっていった。山頂で味わったのとはまた違う、骨まで沁みこむような凍てつきだ。火鼠の羽織がなかったら、あっという間に血肉が凍りついていたに違いない。弥助は心から飛黒に感謝した。

寒ささえなければ、洞窟内はたいそう明るく美しかった。天井からつり下がるつららが、きらきらと白い光を発していたし、足下に敷き詰められた雪もまたほのかに輝いている。雪はさくさくとした踏み心地で、足が埋まることも滑ることもなかった。

やがて、行く手に、青い大きなものが見えてきた。

それは氷塊だった。馬や熊よりも大きな青い氷が、広い洞窟のあちこちに置いてあるのだ。そしてどの氷塊の中にも、黒い影のようなものがあった。

目をこらし、弥助ははっとした。

子供だ。四歳くらいから七歳くらいの子供達が一人ずつ、氷塊の中に閉じこめられているのだ。

「この子達は……」

「山で凍え死にしかけていた子供らだ。雪に惹かれて山に入ってきて、吹きだまりに落ちたり、道に迷ったりする子は多い。そういう子を、こうしてここに連れて来て、眠らせている」

「眠ってる、だけなのか、これ？　死んでいるんじゃないのか？」

「死んではいない。氷の中で眠っている間は、寒さで死ぬことはないからな。ここで一冬眠ってもらって、春になったら目覚めて、それぞれの家に帰ってもらう」

「でも、なんでそんなことを……」

「助ける方法を、俺はこれしか知らないから」

助ける。

その言葉に、弥助はようやく理解した。

細雪丸は子供達の命を救っているのだ。氷漬けなどせずに、そのまま子供を家まで送り届けてやれば簡単だろうに。そうできないのは、何か理由があるからに違いない。

ともかく、このあやかしは優しいのだ。それは間違いない。

同時に、もう一つわかった。

「俺も……こうやって氷の中に？」

「そうだ。千弥がそうしてくれと頼んできた。あの馬鹿、子供のおまえを連れて、真冬の鈴白山を越えようとしたんだ。俺が駆けつけた時、おまえは死にかけていた。なんて無茶をするんだと、ずいぶん怒ったものさ」

昔を思い出したのか、細雪丸はまた懐かしそうに笑った。

「あいつは本当に何も知らなくてな。それなのに、どうしても人間の子を育てたいと言いはる。変なやつだと思ったよ。正直、無事に育てられるとも思っていなかったが……大きくなったな、弥助。千弥と一緒で、幸せだったか？」

「うん」

迷いなく弥助はうなずいた。

「すごくすごく幸せだった。千にいはいつも……俺をかわいがってくれた。守ってくれたよ。俺はどっぷり甘えて、好きなことばかりやらせてもらった」

「……あいつが人じゃないとわかった時は？　どんな気持ちがした？」

「じつは、あまり驚かなかったんだ。そんなことはどうでもよかったんだ。ただ正体を俺に知られたことで、鶴《つる》の恩返しに出てくる鶴みたいに、どこか飛んで行っちまうんじゃないかって、そのことだけが怖かった。離れるのが嫌だったんだ」

今も同じだと、弥助は小さくつぶやいた。

「俺は……千にいと一緒にいたいんだよ。いつまでも子供っぽい、未練がましいやつって言われるかもしれないけど、誰に何を言われたっていい。千にいは呪いのせいで……変わってしまうだろうけど、それでもかまわない。また一緒に暮らしたいんだ。今度は俺が千にいを甘やかすよ。大事にする。大好きだよって、毎日伝える。そうすれば……千にいはこう思ってくれるかもしれない。ああ、弥助って子は私のことが大好きなんだなって。慕われるのはいいものだなって」

そうすれば、新しい一歩を踏みだせたことになる。失ったものが、新たな形で蘇ることになる。

あきらめたくないんだと言う弥助を、細雪丸はじっと見ていた。やがて、深い息をついた。

「本当は、おまえが来てもここには入れるなと、きつく言われたんだ。……でも、それは間違っていると、俺は思う。今、おまえの言葉を聞いて、もっとそう思った」

「細雪丸……」

「おまえ達は一緒にいるべきだよ。……そら、千弥はそこだ」

細雪丸が指差した洞窟の奥には、ひときわ大きな氷があった。塊というより、それはもはや洞窟の壁となっていた。

その中に、千弥がいた。穏やかに目を閉じ、眠りについている。

「せ、千にい！」

弥助は駆け寄り、氷に張りついた。

とたん、手の平に刺すような痛みが走った。

慌てて手の平を見てみると、氷に触れたところに火ぶくれのような水疱《すいほう》がたくさんできていた。

気をつけろと、細雪丸が鋭く声をかけてきた。

「俺の氷は恐ろしく冷たいんだ。長く触れ続けると、肉が凍って落ちるぞ」

「くっ……」

弥助は唇を噛んだ。ようやく会えたのに。手を伸ばせば届くところにいるというのに、触れられないとは。

千弥から片時も目を離さないようにしながら、弥助は後ろにいる細雪丸に頼んだ。

「この氷、割ってくれ。千にいをここから出してくれよ」

「できない」

「できないって……細雪丸がこの氷を作ったんだろ？」

「そうだ。俺が作った。子供らにかけた術とは比べものにならない、最強の術を使ってな。この氷は作り手の俺にも壊せない。中にいる千弥が目覚めたいと願わないかぎり、千年経とうと、ひび一つ入らないだろう」

なんでそんな術をかけたんだと、弥助は細雪丸に食ってかかりたくなった。だが、すんでのところで堪えた。

細雪丸は悪くない。そうしてくれと、きっと千弥が頼んだのだ。

水疱だらけになった手をこすりながら、弥助はどうしようと考えた。

炎の妖怪達を呼んで、氷を溶かしてもらうか？　いや、術で作られたものが、熱で溶けるはずがない。

では、月夜公か王蜜の君を呼んで、術を破ってもらうか？　それはそれで不安だ。大妖《たいよう》であるあの二人は、加減というものを知らない。氷を砕くことに熱中するあまり、中の千弥まで傷つけかねない。

だめだだめだ。もっと他の手を考えなくては。

一番いいのは、千弥が自分から出てきてくれることだ。目覚めたいと思ってくれれば、何もかも解決するのだ。

弥助は細雪丸を振り返った。

「俺の声は……中にいる千にいに届くかい？　眠っていても聞こえるかな？」

ああと、細雪丸はうなずいた。

「話しかけてみろ。声は聞こえるはずだ。といっても、夢の中にうっすらにじむ程度だろうが」

なんであれ、一つ希望が持てた。

弥助は氷すれすれにまで近づき、声を張り上げた。

「千にい！　千にい、聞こえる？　俺だよ！　弥助だよ！　迎えに来たんだ。一緒に帰ろう。俺と一緒にまた暮らそう。最初から何もかもやり直せばいいんだ！　俺は弥助、そっちは千弥。そう名乗り合って、また一から思い出を作っていこうよ！　だから起きて……起きておくれよ！」

何度も何度も、あきらめることなく呼びかけ続けた。次第に声が嗄れてきて、やがて喉の奥がひび割れそうなほど痛みだした。

それでも、氷に変化はなかった。どこまでも青く、どこまでも強固に、千弥の眠りを守り続ける。それはすなわち、千弥の意志が少しも揺らがぬことを意味していた。

だが、弥助はくじけなかった。まだまだあきらめない。自分と千弥との絆は、こんな氷などで断ち切れるようなものではないはずだ。

なによりだ。

まだ千弥は、自分のことを忘れきってはいないはず。

そのことに賭けてみることにした。

弥助は、水疱だらけの右手を爪でかきむしった。たちまち水疱は破け、水と血が滴《したた》りだした。その手を、弥助はふたたび氷に押しつけたのだ。

仰天したのは、後ろで見ていた細雪丸だ。慌てて弥助に飛びついてきた。

「よせ！　や、やめろ！」

「放してくれよ！　せ、千にいはいつも血の臭いに敏感だったんだ！　俺がちょっとでもすりむくと、どこにいてもすぐに飛んできてくれたんだ！　だから、きっと……今度だって、気づいてくれるはずだ！」

揉み合う間も、弥助は氷から手を放さなかった。

自分の血が、肉が、みるみる凍りついていくのがわかった。痛みは、最初こそ激しかったが、すぐに痺《しび》れるように何も感じなくなってきた。指を見れば、黒ずんだ色へと変わっていく。

「だめだ！　やめろ！」

細雪丸が猛烈な勢いで、弥助を後ろに突き飛ばした。べりっと音を立てて、手の平の皮が氷に残った。

氷から離れたとたん、弥助はさすがに力を失った。全身に毒のように冷たさが巡っている。体が痺れ、息も満足につけず、そのままがっくりと膝をついた。

そんな弥助を細雪丸は叱りつけた。

「無茶なことをするやつだ！　そういうところ、千弥にそっくりだぞ！　ああ、いいから動くな。待ってろ！　河童《かっぱ》のじいさんから薬をもらってくるから！　もうその氷には絶対触るなよ！　今度触ったら、おまえ、命を吸いとられるぞ！　くそ！　いいな？」

だが、細雪丸の叫びは、弥助には聞こえていなかった。ずる剝けになった手を見ることもなく、弥助は氷の中の千弥を見つめ続けた。

「千、にい……」

意識が遠のく中、ささやくように呼びかけた。

## 十一

千弥は突然覚醒した。

眠りから覚めても、周囲は闇だけがあった。目が見えないゆえの暗闇ではない。空気の揺らぎ、石や草木の気配、生き物の息づかい。そうしたものがいっさいないのだ。

だが、臭いはした。

血の臭い。かすかだが、近い。

これは弥助の血だと、どくんと、全身が一気に熱くなった。

弥助が血を流している。怪我をしたのか？　助けなくては。ああ、でも……弥助とはどんな子だったか。

思い出が引き千切られていくのがわかった。

千弥は死に物狂いでそれを放すまいとした。だが、否応なく奪われていく。今はもう、細い糸でつながっているのも同じだ。

どんどん引き伸ばされていくその糸を、千弥は取り戻そうとたぐった。

いやだいやだ。忘れるものか！　弥助だ。弥助は子供。かわいい男の子。自分が育てた。今は顔も思い出せないけれど、その名前と愛しいことは覚えている。これだけは忘れたくない。弥助！　弥助！　どこだ？　そもそも誰だ？　ああ、薄れていってしまう！　弥助！　名前は弥助だ。そう。弥助。頼む。この名前だけは奪わないでくれ！

だが、最後の思い出にしがみつく千弥に、血の臭いがいっそうまとわりついてきた。

ああ、この臭いは大嫌いだ！　最初に嗅いだ時のことを、今も覚えている。忌まわしくて、悲しい思い出……。あの時、血は忌まわしいものだと悟った。ああ、だめだ。他のことを考えている場合ではない。弥助。弥助を見つけ出さないと。どこにいる？　どんな相手だった？

だが、抵抗ははかなかった。あっけなく、最後の記憶はもぎ取られていったのだ。

「………」

千弥は呆然と立ち尽くした。何か大きなものを失ったのだとわかった。心に大きな穴が開いている。穴は闇でいっぱいだ。空虚な闇。手ですくいあげても、何も残らない。そのくせ、こちらを食い尽くそうとするかのように、じわじわと心の穴からあふれてくる。

苦しかった。せつなかった。

だが、その理由がわからない。

なぜ、こんなにも苦しい？

なぜ、こんなにも悲しい？

だが、いくら自分に問うても、戻ってくる答えはない。

闇に蝕まれ、千弥はほとほと疲れ果てた。

もういい。眠ってしまおう。夢の中に逃げこめば、少なくともこの喪失感から逃れられるだろう。

「いや、おまえは起きなくちゃいけないよ」

ふいに、はっきりとした声が響いた。

千弥は顔を上げた。

女のあやかしが一人、そこに立っていた。ぼってりと太っていて、蝦蟇《がま》めいた顔は若くも美しくもないが、いかにも優しい笑みを浮かべている。

固まっている千弥に、女妖《じょよう》は穏やかに呼びかけてきた。

「あたしを覚えているかい、小月《しょうげつ》」

小月。ああ、この名前で呼ばれるのは何年ぶりだろうか。そうだ。この女だけが自分をこの名で呼んでくれた。

不思議な感動を覚えながら、千弥はゆっくりうなずいた。

「覚えている。忘れるものか。……葦音《あしね》」

葦音。気のいい蝦蟇の女妖。沼に住まい、泳ぎと歌がうまかった。この世に生まれたばかりの千弥を、最初に見つけてくれたあやかしだ。そして我が子のように大切に慈《いつく》しみ、愛情という温もりを与えてくれた。

初めて愛しいと思った相手。母親のように慕った相手。

だが、葦音がここにいるはずがないのだ。葦音はとうの昔に死んでいる。他ならぬ千弥自身の手で殺してしまったのだから。

ずきりと胸に痛みを覚えながら、これは幻かと、千弥は疑った。だが、まるでその声が届いたかのように、葦音は首を横に振ったのだ。

「あたしは幻じゃない。魂のかけら、あの時残っていたわずかばかりの正気だよ」

「正気……」

「ああ、そうさ」

葦音の顔が初めて苦しそうに歪《ゆが》んだ。

「すまなかったねぇ、小月。本当に本当にごめんよ。でもあの時は、どうしても狂気を抑えられなかったんだよ。おまえのことが愛しくて愛しくて、他のもの全てがおまえを奪う敵に見えてしまって……しまいには、おまえのことすら愛しいのか憎いのか、わからなくなってしまった」

葦音の後悔に満ちた言葉に、千弥は同じほどの後悔をこめて返した。

「それはしかたないことだ。葦音は、私の目を見てしまったのだから。……私のほうこそすまない。魔眼《まがん》だと知っていたら、決して葦音を見返したりしなかった」

「わかってるよ。おまえは優しい子だもの。……おまえへの度を超した恋慕《れんぼ》と嫉妬に狂ったあとも、あたしにはほんのわずかばかりに正気は残っていたんだ。だからこそ、わかっていた。あたしがこれからどうなるか、そのことがどれほどおまえを苦しめることになるか、全部全部わかっていたんだ」

一瞬、千弥は幻を見た。

毒の短刀を持って飛びかかってきた葦音が、真っ二つに裂けて、地面に転がる。そこら中に飛び散った血の鮮やかさ、強烈な臭いがまざまざと蘇《よみがえ》り、ぐっと、千弥は拳《こぶし》を握りしめた。

「……すまない。私は……殺すつもりはなかった。助けたいと思ったんだ」

「わかっているよ。みんなわかっている。だが、力の使い方を知らないおまえに、それは無理だった。ごめんよ。つらい目にあわせたねぇ。……あたしはおまえの最初の傷だ。無垢だったおまえの心に深く刻まれ、消えることなく残った。以来、あたしの一部はおまえの中で生きてきたのさ」

「私の中で？」

そうだと、葦音はまた微笑《ほほえ》んだ。

「ずっとよりそってきたよ。おまえがどうやって生きてきたか、あたしは全部見てきた。おまえが不幸な時はあたしも苦しかった。でも、幸せな時はあたしも嬉しくてたまらなかった」

「……幸せ。私が幸せだった時など、あったか？」

「あったじゃないか。友達ができた時とか、幸せだったろう？」

「雪耶か……」

千弥は自嘲的《じちょうてき》な薄ら笑いを浮かべた。

「だが、結局、あいつも失った。葦音と同じだ。私はいつも、自分で自分の幸せを壊してしまう。……私は幸せになってはいけないものなのだろう」

「そんなことはないよ」

葦音はきっぱりと言った。

「おまえは幸せになるんだ。誰よりも幸せにならなくちゃ。大丈夫だよ。だって、おまえには弥助がいるんだから」

「弥助……」

千弥は首をかしげた。聞き覚えのない名だった。

「誰だ、それは？」

「……おまえが失ってしまったものだよ。おまえが本当に大切にしていた子だ」

「子……」

「そう。人の子でね。おまえはその子を一生懸命育てたんだ。もう九年になるかね。今、その子は十四。じきに十五になる。いい子だよ。おまえに愛され、健《すこ》やかに育った子だ。そして、なによりおまえのことを誰よりも慕っている」

葦音はとうとうと弥助のことを語った。それらは、初めて聞く物語のように千弥の頭の中に流れこみ、なにやらもどかしく心をかき乱した。

だが、何一つ思い出すことはなかった。

「……知らない。思い出せない」

苦しげにつぶやく千弥に、葦音は目に涙を浮かべた。

「しかたないよ。でも、これだけはわかっておくれよ。幸せだったんだよ、おまえは。弥助がそばにいたから、とても幸せな時を過ごせていたんだよ」

「だが……私はその子を失ってしまったのだろう？」

「残念ながらね」

でもと、葦音の声に力がこもった。

「でも、弥助のほうはまだおまえを失っていない。微塵《みじん》もあきらめていないんだよ、あの子は。おまえを取り戻そうと、心に誓っている。それほどおまえのことを想っているんだよ」

「………」

千弥は純粋に驚いた。誰かがそれほどまでに自分を想ってくれるなど、とても信じがたかった。

「その子は……私の目を見たのか？」

「いいや。魔眼はまったく関係ない。あの子はおまえ自身を好いているのさ。……あの子のもとに戻らなくちゃいけないよ」

葦音の言葉に、千弥は激しくうなずきそうになった。

弥助のそばに行きたい。

それは本能にも似た衝動だった。

だが、衝動はすぐに不安と弱気に変わった。

「だが……戻り方がわからない。戻っても、その子の顔もわからないのだろう？」

それでどうして一緒にいられようか。

うなだれる千弥に、にっこりと葦音は笑った。

「大丈夫だよ。おまえはただ望めばいいんだ。弥助のところに戻りたいとね。道はあたしが知っている。あたしが弥助のところへ連れて行ってあげるから」

「どうして……そこまでしてくれる？」

「それがあたしの役目だからさ」

葦音の声は岩のように揺るぎなかった。

「あたしがなぜおまえの中に残ったか、まだ言っていなかったね。……命が爆《は》ぜたあの時、あたしは正気に戻り、心から悔やんだんだ。あたしはなんてことをしてしまったんだろう。なんてことを、かわいい小月にやらせてしまったんだろうって」

償いたい。なんとかして償いたい。

その強い想いゆえに、葦音の魂のかけらは千弥に寄りついたのだ。そして、ずっと待っていた。千弥が本当に追いつめられ、自分ではどうにもならなくなる時を。

「その時こそ、おまえを助けよう。幸せになる手助けをしよう。そう誓ったんだよ。そして、今がその時だ。だからこそ、こうして今、おまえの前に現われることができたんだよ」

そう言って、葦音は右手をかざした。水かきのついた蛙《かえる》そっくりの手の中に、ふわりと、小さな丸い光が生じた。虹色の光を放ち、泡のようにゆらめく光だ。

目は見えずとも、千弥はそれの美しさを感じ取った。同時に、悟った。今、葦音の手にあるのは、本当に特別なものなのだと。

「それは？」

「卵さ。……あたしは少し変わったあやかしでね。伴侶を持たず、子も産まない。だから、体が老いて朽ちる時、自分で自分を生み直すのさ。これはそのための卵。これをね、おまえにあげる」

「……受け取れない」

「いいんだよ。あたしはもうとっくに、蘇る気は失せちまっているんだから。あたしを待っているものも、覚えているものもいない。あたしは一人きりのあやかしで、孤独に生きていたからね。でも、おまえは違う。弥助が待っているんだ。だから、受け取っておくれ。……一度でいいから、あたしの頼みを聞き入れてくれたっていいんじゃないかい？」

「そういう言い方は……ずるい」

「なんとでもお言いよ」

さあっと、葦音はもう一方の手を差し伸べた。

「弥助のところへ行こう。帰ろう。あたしが連れて行ってあげる。大丈夫。何も心配することはないから」

「……本当に戻れるのか？　私は、弥助のもとに戻ってもいいのか？」

「いいんだよ。誰もがそれを望んでいるんだから」

「誰もが？」

「そうさ」

葦音は大きくうなずいた。

「あたし一人だったら、おまえを助けられなかったかもしれない。なんと言っても、あたしの力は微々たるものだからね。でもね、たくさんのもの達が、おまえが救われることを願っているんだよ。その願いが力となってくれる。……あたしの言葉が信じられないかい？」

「……ああ、信じられない」

千弥はささやくように言った。

「私は憎まれこそすれ、大事に想われるような存在ではなかったはずだ。それほど多くのものを傷つけてきた。私が救われることを願うものなどいないはずだ」

「小月……」

「……だが、信じたい」

千弥の閉じたまぶたから、清水のような涙がこぼれだした。

「私は……もし許されるのなら、救われたい。帰れるものなら帰りたい。弥助という子供のところに」

そう言って、千弥は葦音の手を取ったのだ。

葦音が大きく笑った。

「そうこなくちゃ。行こう。弥助が待っているよ」

「弥助……弥助……」

「そうだよ。弥助を呼ぶんだ。弥助のところに帰りたいと、それだけを望むんだよ。そうすれば道は開くから。向こうで弥助が待っているから」

幸せになるんだよと、力強く言い聞かせながら、葦音は千弥の手を引いて歩きだした。

闇の向こうに、光が現われ始めていた。

## 十二

気を失い、泥のような闇の中に落ちてからも、弥助は必死で千弥を捜し続けていた。手探りで這いずりながら、必死で「千にい！　千にい、どこだい？」と叫んだ。

どれほどそうしていただろう。

ふいに、誰かの手が弥助の手をつかんできた。

「千にい？」

一瞬そう思ったが、すぐに身をこわばらせた。

慣れ親しんだ千弥の手の感触を、弥助ははっきり覚えている。

これは違う。この手は千弥のものよりも大きく、しっとりと濡れていて冷たい。だが、優しい心根の持ち主だということは、なぜかわかった。

だから、振りほどくことはせず、弥助は手の主がいるであろう闇に呼びかけた。

「誰だい？」

「……あたしはかけらさ。ああ、よかった。やっぱり道は通じたねぇ」

「道？」

「ううん。そのことはいいんだ。ああ、でも会えてよかった。一度でいいから、あんたとじかに言葉を交わしたいと思っていたんだよ、弥助」

名前を呼ばれ、弥助はますます驚いた。相手の顔を見ようと目をこらしたが、見えるのはあいかわらず闇ばかり。その闇の中から、温かな声は投げかけられてくる。

「そう驚かなくていいんだよ、弥助。あんたのことを、あたしはよく知っているんだ。……あんたとあたしは、同じ相手を想ってきた。ずっと大切にしてきた。だからね、あんたにあの子を託したいんだ」

「あの子？」

「頼むよ。まかせたからね。うんと愛してやっておくれ。あんたがあの子にしてもらったように。決して手放さないでおくれ。あんたのそばにいることだけが、あの子の望みだから」

頼んだよと繰り返しながら、見えない相手はそっと弥助の手に何かを握らせてきた。湿った手が離れ、気配が遠ざかるのを弥助は感じた。

「ま、待ってくれ！」

呼び止めたが、もはや返事が返ってくることはなかった。

しかたなく、弥助は渡されたものを見ようと、握っていた拳《こぶし》を開いた。

ぱあっと、光があふれた。

ほのかな薄紅色の、たいそう美しい珠が一粒、弥助の手の平に載っていた。柔らかく温かく光をゆらめかせる宝珠《ほうじゅ》に、弥助は胸が騒いだ。

これを知っている。体が、心が、覚えている。

「千にいなんだね？」

確信を持って、弥助は宝珠に呼びかけた。

次の瞬間、弥助ははっと目が覚めた。

そこは細雪丸の洞窟だった。体の痺《しび》れはまだ残っているが、なんとか動ける。だから、弥助は大急ぎで自分の手を見た。

だが、手には何もなかった。黒ずんだ皮膚がはがれ、赤い肉が見えているだけだ。地面を見回したが、夢の中で渡された宝珠はどこにもなかった。

考えてみれば、あれは夢の出来事なのだから、宝珠が見当たらなくても当然だ。だいたい、そうそう都合のいいことが起きようはずがない。

それでも、弥助の落胆は大きかった。千弥を取り戻せたと思っただけに、強烈に打ちのめされた。

しかし、落ちこんでいる暇などない。もう一度、いや、何度でも、氷の中の千弥に呼びかけなくては。

よろよろと立ちあがり、前を向いたところで、弥助は息を飲んだ。

洞窟の奥を満たしていた青い氷が消えていたのだ。

砕けたのか？　いや、かけらは見当たらない。溶けて水になった様子もない。ただ消えたとしか言いようがない。

そして、千弥の姿もなかった。

すさまじい恐怖が、弥助の心の臓に食いこみかけた。

その時だ。弥助は、何かが残っていることに気づいた。

「あ……ああ……」

這うようにして前に進み、それに近づいた。

子供だった。

まだほんの赤ん坊。赤みがかった髪を持つ男の子だ。素っ裸で冷たい石の上に転がっているというのに、寒がる様子はなく、血色のよい肌をして眠っている。その顔立ちは、弥助がよく知る人の面影をはっきりと宿していた。

手の平の皮がなくなっていることも忘れ、弥助は赤ん坊を抱き上げた。すると、赤ん坊がぱちりと目を開けた。黒いきれいな瞳が現われ、まっすぐ弥助の心に飛びこんできた。

赤ん坊が笑った。はっきり弥助に向けて、笑いかけてきたのだ。

その瞬間、弥助は全てを悟った。

愛しさがあふれ、涙があふれた。

弥助はただただ赤ん坊を抱きしめた。

と、細雪丸が駆け戻ってきた。

「おい、薬をもらってきたぞ！　今つけてやるか……おい、なんだそれは？」

赤ん坊を見てぎょっとしたように目を剝く細雪丸に、弥助は微笑《ほほえ》んだ。

手当てを受けたあと、弥助は赤ん坊をしっかりと懐《ふところ》に入れ、細雪丸の洞窟から出て行った。ゆっくりとゆるやかな岩棚を登っていき、ようやく裂け目から出たところ、そこには妖怪達が勢揃いしていた。

顔なじみの妖怪がみんないた。

玉雪。梅吉。津弓。朱刻と時津。化け猫のりんとくら。化けいたちの宗鉄とみお。飛黒とその息子達。大蛙の青兵衛《あおべえ》。火食鳥《ひくいどり》や豆狸《まめだぬき》。

そして、月夜公と王蜜の君。

月夜公がゆっくりと前に進み出てきた。人前では鉄面皮と言ってもいいくらい表情を変えぬ大妖《たいよう》が、今はいつになく動揺した顔つきとなっていた。

「それは……その赤子は千弥か？」

「うん」

大切そうに赤ん坊を抱きながら、弥助はうなずいた。

「なにゆえ……そのようなことになった？」

「わからない。でも、これは千にいだよ。もとの姿ではどうしても戻れなかったから……だから、別の姿になって、戻ってきたんだと思う」

ざわざわと妖怪達がざわついた。皆、驚きと興味を隠せぬ顔をして、弥助の懐で眠っている赤ん坊を見つめる。

月夜公も目が離せぬ様子だったが、王蜜の君だけは楽しげに笑った。

「それで？　これからどうするつもりじゃ、弥助？」

どうするもこうするもないと、弥助は王蜜の君に笑い返した。

「この子はうちに連れて帰るよ。俺が育てる」

晴れ晴れとした顔であり、声であった。しっかりとした決意が目に宿っている。

「よいことじゃ」

王蜜の君はうなずいたが、月夜公は違った。やめておけと、難しい顔をして言ったのだ。

「見た目は人にしか見えぬが、それはまぎれもなくあやかしじゃ。うぬも知っておろう。子妖はよりぼろを出しやすい。人に正体が知られれば、厄介なことになることも多かろう。それならばいっそ……うむ。わ、吾《われ》が手元に引き取ってやってもよいぞ。その赤子、吾が育てよう」

今度こそどよめきが起きた。王蜜の君ですらぽかんとした顔となる。

あの月夜公が、このような申し出をするとは。しかも、わずかに顔を赤らめているものの、今の言葉を撤回しようとする気配はない。本気で言っているのだと、その態度が語っている。

甥の津弓が目を輝かせた。

「それじゃ、その子、津弓の弟となるのですか？　叔父上！　弟をくださるのですか？」

「うむ。ま、まあ、そうしてやってもよい」

「ぜひそうしてください！　うわあ、嬉しいなぁ！　津弓、弟ほしかったの！　やったやったぁ！」

はしゃぐ津弓を、落ち着けと、弥助は優しくたしなめた。

「ごめんなぁ、津弓。悪いけど、この子はおまえの弟にはできないんだよ」

「えぇ、なんで？」

「俺が自分で育てたいから。そばから離したくないんだよ。……頼むよ。聞き分けてくれ。な？」

津弓は少し頬をふくらませたが、弥助がじっと見つめたところ、何かを感じ取ったらしい。すぐに目を伏せた。

「……わかった」

「ありがとな」

弥助はもう一度月夜公に向き直った。

「月夜公も、ありがとう。申し出はほんとにありがたいよ。でも、やっぱりこの子は俺が育てるよ。平気さ。誰かに正体が知られたら、引っ越せばいいんだ。誰も俺達のことを知らない場所に引っ越して、そこで暮らせばいい」

「本当に良いのか？」

じわりと、月夜公の声音に重みと厳しさが増した。

「その赤子は確かに白嵐の……千弥の魂を持っておる。だが、記憶はなく、従ってうぬを愛しい養い子と思い出すことは決してない。千弥であって千弥ではないのだ。そうわかっていても我慢できるかえ？」

「それはわかってるよ」

少し涙ぐみながら、弥助は腕の中の赤子を抱きしめた。

「わかっているんだ。俺の知ってる千にいは、も、もう二度と帰ってこない。死んじまったのと同じなんだって。でも……千にいの魂は戻ってきてくれた。こうして新しい体になってまで、俺のそばにいたいと望んでくれたんだ。俺、それに応えたい。だから、この子は俺が育てる」

「………」

「平気さ。妖怪の千にいだって、人間の俺を育てられたじゃないか。それに、俺ももうただの人間じゃないし」

「む？」

怪訝《けげん》な顔をする月夜公、それに妖怪達を、弥助はぐるりと見回した。

「だって、俺は妖怪の子預かり屋だからな」

高らかに、晴れやかに、弥助は言ってのけた。

# あとがき

読者の皆様、十巻まで読み進めてくださり、本当にありがとうございました。〈妖怪の子預かります〉シリーズ、これにて完結でございます。

いや、まさか十巻まで出させていただけるとは、本当にびっくりです。もともと一巻のことだけしか頭になかったので。

でも、シリーズ化が決まった時、頭の中に弥助《やすけ》の台詞《せりふ》が浮かびました。「俺は妖怪の子預かり屋だからな」という一言。これをぜひともラストに入れたいと。十巻にてようやくそれを入れられて、なんだか今、クエストを達成したような満足感があります。

そうそう。八巻『弥助、命を狙われる』の続きをすぐに書かず、インターバル的な九巻『妖《あやかし》たちの祝いの品は』を書いたのにも、訳があります。それはずばり、細雪丸《ささめまる》のエピソードを書きたかったから。十巻でいきなり細雪丸を登場させるより、「あ、千弥《せんや》とこんな関わりのあった妖怪がいたのか」と思ってもらえるよう、九巻で紹介しておきたかったのです。

さて、ありがたいことに、編集者さんからは「十巻までを第一シーズンにし、次作からは〈妖怪の子預かります〉第二シーズンを始めましょう！」と、熱いお言葉をいただいております。

私もそうできたらいいなと思っているので、もしも第二シーズンを始めることができましたら、その時はどうぞまた〈妖怪の子〉の世界を楽しんでくださいませ。

全ての読者様に感謝を。

廣嶋玲子

検　印
廃　止

**著者紹介**　神奈川県生まれ。『水妖の森』でジュニア冒険小説大賞を受賞し、2006年にデビュー。主な作品に、〈妖怪の子預かります〉シリーズ、〈ふしぎ駄菓子屋 銭天堂〉シリーズや『送り人の娘』、『青の王』、『白の王』、『赤の王』、『鳥籠の家』などがある。

妖怪の子預かります 10
千弥の秋、弥助の冬

2020年6月12日　初版

著者　廣《ひろ》嶋《しま》玲《れい》子《こ》

発行所　(株) 東京創元社
代表者　渋谷健太郎

162-0814/東京都新宿区新小川町1-5
電　話　03・3268・8231-営業部
　　　　03・3268・8204-編集部
URL　http://www.tsogen.co.jp
フォレスト・本間製本

乱丁・落丁本は、ご面倒ですが小社までご送付ください。送料小社負担にてお取替えいたします。



ISBN978-4-488-56512-1　C0193

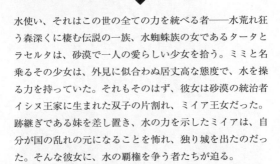

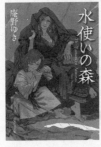

**大正時代を舞台に魔女の卵が大活躍！**

YOKOHAMA WITCH ACADEMY1 HOMBRE TIGRE

◆Aoi Shirasagi

大正浪漫 横濱魔女学校❶

# シトロン坂を登ったら

**白鷺あおい**

創元推理文庫

◆

わたしは花見堂小春、横浜女子仏語塾の三年生。
うちの学校は少々変わっていて、実は魔女学校なの。
学生はフランス語だけでなく、薬草学や占い、
ダンス（箒で空を飛ぶことを、そう呼ぶ）も学んでいる。
本当はもうひとつ大きな秘密があるんだけど……。
そんなわたしのもとに、
新聞記者の甥っ子が奇妙な噂話を持ち込んできた。
横浜に巨大な化け猫が出没しているんですって、
しかも学校の近くに。

**『ぬばたまおろち、しらたまおろち』の著者が**
**大正時代を舞台にした魔女学校３部作開幕！**

**心あたたまるあやかし奇譚**

Curious Tales From A Riverside Inn 1◆Makiko Origuchi

# おっかなの晩

## 日本橋船宿あやかし話

**折口真喜子**

創元推理文庫

◆

見えないはずのモノが見えてしまう質《たち》のせいなのか、
多くの船や荷が行き交う土地柄のせいなのか、
箱崎の小さな船宿・若狭屋を
切り盛りする女将のお涼の元には、
人もあやかしも隔てなく、
ちょっとさみしい魂がふらりと訪れる。
狐憑きと噂される花魁、川で溺れた歌舞伎役者、
神さまに嫁ぐことになった花嫁……。
愛おしい八つのあやかし話。

収録作品＝狐憑き，おっかなの晩，海へ，夏の夜咄，
鰐口とどんぐり，嫉妬，江戸の夢，三途の川

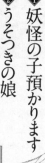

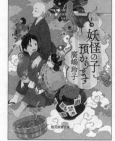